느릿느릿
복작복작

느릿느릿
복작복작
포르투갈 오래된 집에 삽니다

1판 1쇄 인쇄 | 2021년 1월 20일
1판 1쇄 발행 | 2021년 1월 30일

지은이 라정진

펴낸이 송영만
디자인자문 최웅림
편집 송형근 김미란 이상지 이태은 | **일러스트** 장혜주

펴낸곳 효형출판
출판등록 1994년 9월 16일 제406-2003-031호
주소 10881 경기도 파주시 회동길 125-11 (파주출판도시)
이메일 editor@hyohyung.co.kr
홈페이지 www.hyohyung.co.kr
전화 031 955 7600 | **팩스** 031 955 7610

ⓒ 라정진, 2021
ISBN 978-89-5872-175-8 03810

값 14,000원

이 도서는 한국출판문화산업진흥원의
'2020년 출판콘텐츠 창작 지원 사업'의 일환으로
국민체육진흥기금을 지원받아 제작되었습니다.

느릿느릿
복작복작

포르투갈 오래된 집에 삽니다

라정진 지음

효형출판

나의 사랑하는 가족,
보배와 루이지냐, 알베르토에게

Para a minha querida família,
Luisinha, Bobé e Alberto

삼십 대 중반, 동티모르에서 일하던 중 꿈에도 생각 못할 인연을 만났다. 내 삶의 동반자가 된 포르투갈 남자 알베르토. 그와 가정을 꾸린 지 4년이 지난 지금, 아들 보배와 딸 루이지냐가 태어나 모두 네 식구가 된 나의 가족은 한국과 포르투갈, 그리고 동티모르를 오가며 산다. 우리가 주로 거주하는 곳은 동티모르지만 한 해 중 4~5개월은 한국과 포르투갈에 머무른다.

요즈음이야 부쩍 주목을 받아 여행객들 발길이 잦아졌지만 그래도 포르투갈은 한국인에게는 낯선 나라다. 이웃한 관광대국 스페인이나 프랑스와 비교했을 때 땅덩이도 조그만 데다 한국을 오가는 직항편도 없으니. 어쩌다 포르투갈에서 마주친 한국 여행자들과 대화를 나눠 보면 대다수는 스페인을 거쳐 잠깐 들렀다고 한다.

나 역시 포르투갈 가족이 생기기 전까지는 포르투갈 하면 축구 스타 호날두와 에그타르트, 리스본Lisbon 정도만 머릿속에서 맴돌 뿐이었다. 주변의 포르투갈 이웃들도 한국 하면 월드컵과 북한, 케이팝을 떠올리는 정도다. 피상적인 이미지만을 어렴풋이 되뇌는 것은 피차일반이다.

이렇듯 잘 모르는 문화에 대해서는 몇몇의 단편적인 개념들을 그러모아 단순한 이미지를 만들고 첫인상은 쉽게 지워진다. 하지만 다른 문화권이라도 시간을 갖고 교류하거나 친숙해지면 좀 더 깊은 경험을 할 수 있게 된다.

나와 알베르토는 한국과 포르투갈을 오가며 그런 나날을 즐기고 있다. 전혀 다른 문화에 어떤 때는 감탄하고 또 어떤 때는 놀라기도 한다. 물론 좋거나 실망하게 되는 일도 더러 있다. 상대의 생각을 긍정적으로 받아들이려 노력하며 '그런가?' 하곤 하지만. 정말 새삼스러울 때가 많다.

대도시에서 태어나고 자란 나에게 한가한 시골에서 태어나고 성장한 알베르토는 새롭게 다가온다. 그의 고향인 알비토

Alvito는 포르투갈 남동부 알란테주Alentejo에 있는 작은 마을이다. 마을 중심부를 벗어나면 오래되고 정겨운 집들이 들판에 띄엄띄엄 펼쳐져 목가적인 분위기를 풍긴다. 차를 타고 지나가면 올리브나무와 코르크나무가 끝없이 펼쳐진 가운데 소와 양들이 한가로이 오가는 풍경을 볼 수 있다. 리스본에서 차로 1시간 30분 정도 거리에 있는 작고 평화로운 이 시골 마을은 동티모르와 한국, 포르투갈을 오가는 우리 가족에게 마음의 고향이자 느긋하고 여유로운 삶이 흐르는 따스한 곳이다.

알비토라는 지명은 올리베토Olivetto에서 유래되었다고 한다. 올리브 숲, 혹은 올리브 과수원이란 뜻으로, 이 일대에서 보이는 아주 오래된 올리브나무들과 연관이 있을 것이다. 이 오래된 마을은 로마 제국의 이베리아 반도 점령 시절부터 서고트족과 무어인의 침략, 그리고 기독교 세력의 국토 회복기였던 레콩키스타Reconquista까지 모두 겪어 왔다. 중세 시대부터 이미 정기 장터가 열렸을 정도로 번성했었다. 마을 중앙에는 아직까지도 15~16세기에 지은 성과 교회들이 자리 잡고 있다. 무척 낡았고 아쉽게도 복원할 곳이 곳곳에 눈에 띈다. 하지만 그런대로 관리가 잘되어 여전히 제 기능을 하고 있다.

이 오래되고 작은 마을에서, 우리 가족은 마을 내력에 비하면 여전히 젊은 150년 된 집에서 가족에 대한 기억과 애틋한 추억과 함께 살아간다. 고조할아버님이 터를 잡고 가꿔 온 집의 벽난로 앞, 증조할머님이 손수 짠 카펫 위에 앉아 우리 아이들은 40년 가까이 된 장난감을 가지고 논다. 우리가 덮고 자는 이불과 베갯잇은 할머님이 직접 수놓으신, 여전히 그 온기가 느껴지는 정갈한 리넨 제품이다. 아침에는 닭장에서 갓 꺼내 온 달걀로 오믈렛을 만들고 저녁에는 텃밭에서 딴 야채로 수프를 마련한다. 사과와 오렌지, 레몬은 우리 집 과수원에서 그날그날 바로 따 식탁에 올린다.

하루 일과 중 하나는 동물 가족들과의 산책이다. 고양이 세 마리 가운데 그때그때 따라오는 녀석과 함께 길을 나선다. 한 무리의 양떼와 닭들, 돼지도 한 마리 있다. 세 살과 한 살배기인 우리 아이 둘은 새침한 고양이들에게는 먼저 애교를 떨기도 하고 먹성이 좋은 돼지와는 사이좋게 사과를 나누어 먹으며 어울린다.

형제만 다섯인 알베르토의 가족은 모두 이 마을과 옆 동네에 산다. 삼촌, 이모, 사촌들까지 함께 모이기라도 하면 말 그대로 거대 가족이 된다. 아직 아기 티를 벗지 못한 우리 아이들은 이 모든 가족을 통틀어 가장 막둥이들이기에 넘치는 사랑과 보살핌을 받으며 무럭무럭 자란다.

오래된 집을 중심으로 가족들이 어울려 사는 시골 마을은 단순한 공간 그 이상의 의미를 가지고 있다. 물론 불합리한 일도, 가슴 답답한 일도 종종 겪고 어느 시골 마을이 그렇듯 무너져 가는 공동체에 대한 걱정도 있다. 하지만 사람답게 사는 삶이 무엇인지, 진정한 일상의 가치는 어떤 것인지 어렴풋 생각하게 해 주는 곳이기도 하다. 매일 평화로운 마음가짐이 이어진다. 이곳에는 가족의 사랑스런 기억을 간직한 집과 온기가 넘치는 마을이 있다. 마을 사람 모두가 각자의 공간을 살갑고 소소하게 가꿔 나간다.

이 책은 그런 공간의 소담한 일상에 대한 이야기를 담고 있다. 지상 낙원과는 거리가 멀지만 굳이 낙원일 필요도 없이, 나날이 의미 있고 평화가 넘쳐나는 곳. 단순하게 어제 같은 오늘, 오늘 같은 내일의 삶을 이어 나갈 수 있는 곳. 누군가에겐 꿈과 같은 일을 가능하게 해 주는 집과 가족, 마을에 대한 이야기다.

목차

4장.

잠시 잠깐의
소중한 것들

1장.

여기와 거기,
넘치고 모자라는 것들

뽀뽀 아니고
인사라니까요

우리의 포르투갈 집과 그곳에서의 생활에 대해 이야기하기
전에, 나와 알베르토가 함께한 일상을 통해 한국과 포르투갈
사이의 문화적 차이에 대해 언급하는 것이 우선이겠다. 그 배
경을 알게 되면 이후 이야기들이 더 흥미롭게 다가올 것이다.

나와 알베르토는 비슷한 점이 참 많다. 우리는 둘 다 양띠다.
와인과 막걸리 등 발효주를 좋아하고 무언가를 먹으면서 먹
는 이야기를 하는 것도 똑같다. 새로운 음식을 맛보고 즐기
는 것도 마찬가지다. 공공 장소에서 시끄럽게 떠드는 아이들
을 가만히 두는 부모들을 좋아하지 않으며 우리는 되도록 그

러지 않으려 노력하는 편이다. 또한 나이나 입장, 위치에 따라
어느 정도의 성취를 당연시하는 은근한 사회적 압박을 좋아
하지 않는다. 모두의 인생에는 각자의 때와 해야 할 일이 있
다고 생각한다. 그런 면에서 우리는 운 좋게 올바른 때에 서
로를 잘 만났다고 생각한다.

비슷한 점이 많은 만큼 다른 점도 무척 많다. 나는 서울에
서 태어나 대구와 수도권에서 공부하고 직장을 다녔다. 30대
중반에 동티모르의 시골로 일하러 가기 전까지는 대도시를
벗어나 살아 본 적이 없다. 반면 알베르토는 2천 명 남짓한 사
람들이 사는 시골 마을 알비토에서 태어나 인구 4만 명의 소
도시 코임브라에서 대학을 다녔고, 4년 정도는 리스본에서 직
장을 다녔다. 이후에는 모잠비크와 남아공, 동티모르로 옮겨
다니며 일했다. 아마 내가 시골에서 보낸 시간과 그가 도시에
서 보낸 시간이 얼추 비슷할 것이다.

이렇게 지나온 시간만 봐도 서로 많이 다르지만 우리는 매
일매일 서로의 다름을 더 자주 느낀다. 일상의 가장 기본이
되는 인사만 해도 그렇다. 한국을 정말 좋아하는 알베르토지
만, 왠지 모르게 서운했던 적이 있단다. 바로 우리의 첫 아이
가 태어났을 때.

아이가 나오길 기다리다 울음소리가 들리는 순간, 그는 함께 있던 나의 친정 부모님에게 달려들어 끌어안고 양 뺨에 쪽쪽 입맞춤을 할 뻔했단다. 힘껏 껴안기 위해 두 팔을 번쩍 들었다가 순간적으로 '아차, 여기는 한국이지!'라는 생각에 얌전히 손만 꼭 맞잡고 웃는 것으로 마무리를 했다고. 바로 탯줄을 자르고 아기 첫 목욕을 시켜 주느라 정신이 없는 와중에도 왠지 모르게 허전하고 무언가 놓친 것 같은 기분이 계속 들었단다.

그럴 만도 한 게 포르투갈인들은 일상 속에서 자연스럽게 '베이지뉴Beijinho'라는 뺨키스를 한다. 이웃인 프랑스와 스페인, 그리고 바다 건너 멀리 남미 사람들처럼 양 뺨을 번갈아 맞대고 '쪽' 소리를 내며 안부 인사를 나눈다. 진짜로 뽀뽀를 하는 것은 아니고 소리만 내는 경우가 대부분이다. 요즘은 상황과 사람, 성별에 따라 간단히 악수만 하기도 한다.

내가 처음으로 이런 뺨키스 인사를 접한 것은 파리에서 교환학생을 할 때였다. 나라와 지역에 따라 뺨을 맞대는 횟수가 그때그때 달라 신기했다. 뺨키스를 네 번 하는 동네에서 온 친구들과 서로 만나고 헤어질 때는 인사를 하는 것만으로도 꽤 오랜 시간이 걸렸다.

그 이후에도 뺨키스 인사를 하는 곳에서 살면서 자연스레 이런 인사에 익숙해졌지만 여전히 아주 편하지만은 않다. 몇 번 봐서 가까운 사이면 모르겠는데, 처음 만나는 사람과 이런 인사를 나눌 때에는 손을 어디다 둬야 할지 멋쩍다. 아무래도 한국에서 태어나 자란 나에게는 '안녕하세요'하며 고개를 숙이거나 손을 흔드는 게 익숙하다. 마찬가지로 알베르토에게는 베이지뉴가 익숙한 것이 당연하다. 오랜 시간 동안 그렇게 인사하며 살아왔으니.

결혼 생활 초, 그가 포르투갈에서 머무를 때 가족들에게 들려주는 한국에서의 재미난 경험담에는 인사 이야기가 꼭 들어가 있었다. 김치만 보관하는 냉장고의 존재, 이름 대신 서로를 호칭으로 부르는 문화와 더불어 한국에서는 인사할 때에 베이지뉴를 하지 않는다는 말에 포르투갈 부모님은 마냥 신기해하셨다.

"가족들끼리도 그냥 고개만 숙이는 거야? 베이지뉴는 하지 않고?"

"그럼요. 아, 손을 잡거나 가볍게 안는 정도는 해요."

"어머나! 그럼 알베르토, 너는 한국 어머님에게도 베이지뉴
를 하지 않니?"

"하하, 어머님에게는 더욱 더 하면 안 돼요!"

가족들끼리도 '다녀왔습니다', 그냥 만나는 사람들끼리도 '안
녕하세요'라는 간단한 인사말과 함께 고개를 숙이고 심지어
뉴스 아나운서들도 고개 숙여 인사한다는 말에 포르투갈 가
족들은 모두 놀랍다는 반응이었다. 생각해 보니, 뉴스 아나운
서가 고개를 숙이는지 주의를 기울여 본 적이 없었다. 그동안
너무 당연하게 생각해서인지 그런 모든 이야기들이 새삼스럽
고 신선하게 느껴졌다.

한국에 도착하기 전, 알베르토에게 한국에서는 어른들에게
인사할 때 공손하게 고개를 숙이는 거라고 당부했었고, 그는
내 말을 잘 듣고 착실히 따라 주었다. 나중에 친정 엄마에게
포르투갈식 인사인 베이지뉴 이야기를 해 드리자 역시 놀랍
다는 반응이었다.

"얘, 그럼 다들 그렇게 얼굴에다 뽀뽀를 한다는 거니?"

"그렇다니까. 아니, 그리고 뽀뽀 아니거든요. 인사라니까.
쪽 소리 내면서 뺨만 갖다 대는 거라니까 그러네."

"그럼 넌 너네 아주버님한테도 그래?"

"응, 당연하지."

"어머나, 그럼 아버님에게도?"

"아니, 엄마. 인사라니까! 거기에서는 인사가 그래요."

나와 알베르토로 이어진 두 가족은 서로의 인사 방식을 전해
듣고 감탄을 했다. 한국 사람들은 무척 예의가 바르구나! 포
르투갈 사람들은 무척 다정다감하구나!

부르라고 있는 게
이름이건만

부르라고 있는 게 이름이건만, 우리나라에서는 서로를 칭할 때 고유한 이름보다는 가족 관계에 따른 호칭을 별 생각 없이 쓴다. 언니, 오빠, 누나, 형, 이모, 삼촌과 같은 호칭이 일상적으로 사용되고, 경우에 따라 학교나 직장, 친구 사이로까지 확장되기도 한다. 선배들과 친해지면 자연스럽게 언니, 누나, 오빠, 형이라 부르게 되고, 친구가 결혼해 낳은 아이는 나를 이모라고 부른다.

반면 포르투갈 사람들은 당연하게 서로를 이름으로 부른다. 가족 관계를 의미하는 표현이 있긴 하지만 상대방을 부를 때 많이 사용하지는 않는다. 그렇게 형제들끼리 나이 상관없이 서로 이름을 부르며 살아온 알베르토는 처음 한국에 왔을 때 남동생이 내 이름을 부르지 않는 것을 보고 몹시 이상하게 여겼다. 나보다 여섯 살 어린 내 동생은 날 꼬박꼬박 누나라고 부른다.

"그럼, D는 당신을 J라고는 부르지 않는 거야?"
"안 하는 게 아니라 못 하는 거지. '누나'라고 불러야 해. 그리고 당신은 D에게 알베르토가 아니고 매형이야. 만약에 당신이 한국인이라면 나는 주아웅과 칼라를 이름으로 부를 수 없었을 거야. 아주버님과 형님이라 불러야지. 알렉산더와 누노, 루이스는 나를 형수님이라 불러야 하고."

놀리듯이, 한편으로는 진지하게 가족과 친척 간의 다양한 호칭을 알려주자 또 무척 신기해했다.

이렇듯 가족 관계를 기반으로 한 호칭도 참 다양하고 복잡하지만, 공적 관계에서 부르는 직함은 더욱 모호하고 생각할 거리가 많다. 예를 들어 내가 이전 직장에서 '김 팀장님'이라 불렀던 상사를 오랜만에 만나면 반가운 인사를 꺼내기도 전에 잠깐 멈칫하게 된다. 직장을 그만뒀는데 계속 팀장님이라 불러도 되나 싶다. 후배들을 만나도 마찬가지다. 분명 나는 더이상 소장이나 대리가 아닌데도 깍듯하게 과거의 직함으로 나를 부른다. 사실 대신할 만한 호칭이 조금 애매하기도 하다.

J 씨. '씨'라는 표현은 분명 국어사전에는 '그 사람을 높이거나 대접하여 부르거나 이르는 말'이라고 나와 있지만, 손윗사람에게 사용하기엔 엄하다. 왠지 하대하는 듯한 뉘앙스가 느껴진다.

J 님. 이건 더 어색하다. 존칭이긴 한데, 외국계 회사나 온라인 동호회에서 만난 사람들이 서로를 부를 때 쓰는 표현 같다.

누나 또는 언니. 나이를 전제로 한 친근한 표현이긴 한데 과거의 소장님, 대리님에서 갑자기 누나나 언니로 불리려니 좀 어색하게 느껴진다. 그래서 "선배 아니면 보배 엄마, 아니면 언니나 누나라고 불러 줘요."하고 이야기를 먼저 건네는 편이다. 처음에는 어색해도 시간이 흐르면 서로 새로운 호칭에 익숙해진다. 이것은 그 자체로 좋고 나쁘고의 문제가 아니다. 다분히 문화적 차이에서 비롯된 것이라고 생각한다. 분명 각 사회가 사람 사이의 관계를 보는 방식과 연관되어 있을 것이다. 확실한 건 관계에 바탕을 둔 호칭은, 이름을 부르는 것보다 생각해야 할 게 더 많고 모호하다는 점이다. 그리고 기본적으로 나이와 서열을 전제로 한다.

인사나 호칭 같은 일상의 사소한 것들조차 아주 다르다는 것을 직접 경험하면 문화 차이라는 것이 생각보다 크게 다가온다. 내가 아무리 얘기해도 한국의 가족들에게 베이지뉴는 인사가 아닌 뽀뽀처럼 느껴질 것이다. 마찬가지로 고개를 숙이는 것은 포르투갈 가족들에게는 일상적인 인사보다는 깍듯하게 예의를 갖추는 행위로 보일 것이다.

　남편이 포르투갈에서는 본인의 가족들을 아주 당연하게 이름으로 부르다 한국에 들어오면 우리 가족들을 처남, 이모와 같은 호칭으로 부르는 게 조금은 어색하다. 그 반대도 마찬가지다. 분명히 내 머릿속에는 형님과 아주버님 같은 단어들이 먼저 떠오르는데 주아웅, 칼라 등 남편의 가족들을 이름 그대로 부르려니 왠지 예의에 어긋나는 것 같고 어색하다.

　인사를 하거나 서로를 부르는 방법처럼 기본적인 것도 이렇게 다른데 이외의 것들은 또 얼마나 다를까? 세상은 정말 넓고 다양한데, 내가 아는 것은 그중 극히 일부분일 것이다.

나에게 당연한 것이 다른 사람에게는 당연하지 않을 수도 있다. 어찌 보면 당연하지만 그렇기에 잊고 살기 쉬운 일들. 오늘도 이렇게 다름을 배워 간다.

알베르토는 한국의 다양한 문화와 서비스에 대해 매번 놀라워하고 좋아한다. 그중 유독 감탄했던 것은 택배와 배달 서비스. 몇 년 전에 우리가 한국에 갔을 때의 일이다. 동생이 함께 킹크랩을 먹자고 했다. 수산 시장을 좋아하는 알베르토는 직접 장에 들러 사다 먹는 줄 알고 기대하고 있었는데 동생은 아주 자연스럽게 온라인으로 주문해 배송을 시켰다. 얼마 후, 잘 포장된 킹크랩이 도착하자 그는 이런 싱싱한 해산물도 배달이 되냐며 깜짝 놀랐었다.

　책이나 일반 공산품도 아닌 신선 식품을 아이스박스에 담아 몇 시간 만에 집까지 배달해 준다는 사실에 알베르토는 연신 감탄했다. 뿐만 아니다. 물건을 보낼 일이 있을 때 예약하면 바로 다음날에 집으로 가지러 온다는 것에는 더욱 놀랐다. 나 역시 이러한 한국의 배달 서비스가 대단하다고 생각한다.

며칠 전, 알베르토와 그의 동료가 포르투갈에서 동티모르로 오는 사람 편에 짐을 보내려 했는데, 어떻게 전달해야 할지 이야기를 나누고 있었다. 짐을 전달해 줄 사람과 받을 사람이 다른 도시에 사는데 물건을 어떻게 보낼 것인가에 대해 한참 동안 고심하길래 대화에 끼어들었다. 그 물건이 특산물 같은 것인지, 아니면 깨지기 쉬운 것인지, 귀중품이라도 되는 것인지 궁금해졌다.

"그 짐이 도대체 뭐길래?"
"여행용 가방이야. 빈 가방."
"그럼 그냥 우체국으로 보내면 되잖아."
"이보세요, 한국 아니거든요?"

우체국을 통해 보내라니까 우체국에서는 취급조차 안 한단다. 깨지지도 않고, 별로 무겁지도 않고, 포장만 잘하면 되는

빈 여행 가방을 왜 못 보낼까? 그럼 도대체 포르투갈 우체국에서는 뭘 보낼 수 있냐고 묻자 편지와 소포만 보낼 수 있단다. 큼지막한 빈 가방은 배송을 안 해 준다는 게 그의 경험상 결론.

한국의 편리하고 신속한 배달 문화를 이렇게 일상 속에서 새삼 깨달을 때가 있다. 특히 해외에서 살다 보면 한국의 택배 서비스가 그리울 때가 정말 많다. 그러나 한편으로는 그런 시스템 없이 살다 보니, 가끔씩 이런 의문도 든다.

'정말 그렇게까지 편리할 필요가 있을까?'

한국에 계속 있었으면 익숙해져 이런 질문을 던질 일이 없는데 포르투갈에 머물면서 그런 생각을 종종 한다. 나도 한국에서는 새벽 배송, 당일 배송, 휴일 배송 서비스를 자주 이용했고 정말 편리하다고 생각한다. 그러나 없는 곳에서는 또 나름대로 알아서 미리 장을 본다든지 한다.

남편과 직장 동료처럼 무언가 보낼 짐이 있으면 건너 건너 지나가는 누구에게 부탁을 해 다들 어떻게든 보내고 받는다. 옛날 방식이고 불편하긴 하지만 사람은 적응의 동물이라고, 있으면 있는 대로 잘 쓰고 없으면 없는 대로 또 다른 대안을 찾는다.

'과함과 조금 불편함 중, 어느 것이 모두에게 더 좋을까?'

알비토는 누가 봐도 불편한 쪽에 가깝다. 포르투갈 역시 최근에는 온라인 쇼핑과 배달 서비스가 빠르게 성장하고 있지만 알비토와는 여전히 거리가 먼 이야기다. 한창 온라인에 익숙할 법한 10대 조카들도 딱히 그런 서비스를 즐겨 이용하지 않는다. '나는 아날로그 방식으로 살 거야.'라는 어떤 목적 의식을 갖고 자제를 하는 것이 아니고, 자연스럽게 하지 않는 것이다. 생각해 보면 그렇게까지 급하게 주문해서 바로 받아야 하는 물건도 없고, 그런 서비스도 없다. 웬만한 것은 정기 장터와 차로 30분 정도 거리에 있는 옆 동네 쇼핑몰에서 사면 된다. 특히 신선한 음식 재료는 더욱 그렇다.

알비토의 우리 집이나 부모님댁, 다른 가족들의 집 할 것 없이 모두 가족 수에 비해 냉장고가 조그맣고 참 오래됐다. 냉장고 가득 음식을 쟁여 놓지 않는 생활 방식이 자연스레 이어져 왔기 때문이다.

주식인 빵이야 매일 동네 빵집에서 사면 되고 기본적인 채소들은 대부분 텃밭에서 길러 바로 뜯어 먹는다. 다른 채소나 과일, 고기와 생선 등은 매주 토요일에 열리는 주말 장에서 산다. 치즈나 염장 소시지는 실온에 보관하면 된다. 생치즈나 연성 치즈 등 몇몇 종류는 냉장고에 넣어야 하지만 보통 조금씩 사고팔기 때문에 그때그때 다 먹고 치우는 편이다.

냉장고야말로 없어서는 안 될 가전제품이지만 의식하지 못하는 사이에 나의 욕망과 생활 패턴을 좌지우지하기도 한다. 대형 마트에서는 원플러스원으로 묶어 판매하는 상품들을 흔하게 볼 수 있고, 인터넷 쇼핑을 하다 보면 배송비를 아끼기 위해 당장 필요한 양보다 많이 사게 된다.

바쁜 직장인이자 1인 가구로 살아갈 때에는 새로 출시된 간편식과 다양한 식료품들을 보관할 수 있는 커다란 냉장고는 물론, 나중에 여유가 된다면 김치 냉장고까지 살 거라 생각했었는데 이곳 알비토에서는 그런 대형 냉장고가 필요 없다.

다행히도 필요한 음식 재료들을 그때그때 사다 먹는 지금의 일상이 나는 좋다. 텃밭과 닭장에서 싱싱한 채소와 계란을 바로 들고 올 수 있어 더욱 좋다. 이러한 변화가 마음에 든다.

포르투갈은 한국에 비해 느긋느긋 여유가 넘치는 나라다. 이렇게만 들으면 한적하고 평화로워 살기 참 좋을 것 같지만 꼭 그렇지만은 않다. 느긋하고 평화롭기는 하지만 가끔씩 그 느림과 여유로움에 숨이 턱 막힐 때가 있다. 둘러보면 이방인인 나만 홀로 고구마를 꾸역꾸역 욱여넣고 있고 현지인들은 태평한 것 같아 더 억울할 때도 많다. 너무 사랑스럽고 마음에 쏙 드는 포르투갈이지만 그 안에도 불만스럽고 불편한 점들이 존재한다.

그중 내가 첫 번째로 꼽는 것이 바로 '부호크라시아Burrocracia'! 이는 관료주의를 비꼬는 말로, 포르투갈어로 관료주의를

의미하는 '부로크라시아Burocracia'와 나귀라는 뜻의 '부후Burro'
가 섞인 표현이다. Burro에는 우둔하고 쓸데없는 고집을 부린
다는 의미도 함께 들어 있다. 꽉 막힐 정도로 느리고 그만큼
비효율적이라는 뜻이다.

어느 나라든 공공 부문에서는 형식적인 절차로 인해 효율성
과 속도가 떨어질 수밖에 없지만, 포르투갈은 그 정도가 너무
심하다. 현지인과 외국인 모두 고개를 절레절레 흔들 정도.
게다가 모두가 휴가를 떠나는 여름철에는 일 처리가 더 느려
진다.

　포르투갈에서 혼인 신고를 하고, 첫째 아이의 출생 신고를
한 뒤 ID 카드와 여권을 신청하면서 이토록 느린 속도에 나름
익숙해졌다고 생각했지만 그건 아무것도 아니었다. 둘째 출
생 신고를 하러 간 것이 때마침 8월이었는데, 첫째의 출생 신
고와 기타 다른 업무들을 처리해 주었던, 우리의 이웃이기도
한 담당자 올가가 휴가를 떠나 있었다. 그녀가 자리를 비운 2
주 동안 마을 동사무소를 다섯 번이나 방문했지만 아무것도
할 수가 없었다. 포르투갈 행정 절차상 일단 출생 신고를 마
친 후에야 ID 카드를 신청할 수 있고 ID 카드가 발급되어야

여권을 신청할 수 있는데, 올가가 없으니 모든 일 처리가 먹통이 된 것이다.

옆자리 직원에게 부탁하자 해외에서 태어난 포르투갈 국적 아기에 대한 출생 신고 업무는 해 본 적이 없어 절차를 모른다나. 포르투갈 사람들 중에 해외에 사는 사람이 얼마나 많은데, 동사무소 직원이 기본적인 출생 신고도 처리를 못하면 대체 어떻게 하라는 건지! 분명 첫째 때도 똑같이 한국 병원에서 영문으로 발급받은 출생 증명서를 내고 절차를 진행했으니 같은 방식으로 해 달라고 부탁해도 그 직원은 자신은 영어로 된 증명서를 처리해 본 적이 없다고만 한다. 무례하거나 불친절한 것도 아니고 너무나도 친절하게 웃으면서 미안하다고, 동료가 돌아와 봐야 알겠다고 하는데 그 웃는 낯에 화를 낼 수도 없고, 속만 답답해 머리가 아파왔다. 상사에게 물어봐라, 예전에 했던 서류를 찾아서 해 달라 부탁해도 미적지근한 반응만 보일 뿐.

그렇게 알베르토가 여섯 번째인가 다시 동사무소에 찾아갔는데 휴가를 마치고 돌아온 올가를 보는 순간 덥석 껴안고 싶을 만큼 반가웠단다. 올가는 이전 서류를 찾아 절차를 확인하고 영문으로 된 둘째의 출생 증명서를 받아 순식간에 처리

했다.

그러나 이것을 또 리스본인지 에보라인지에 있는 상급 기관에 올린 다음 기다려야 하고, 모든 절차가 완료되는 데에 최소 한 달은 걸릴 것이라는 답이 왔다. 8월인 데다 다음주에 공무원 파업까지 예고되어 있다나. 나는 지끈거리는 머리를 한참이나 식혀줘야 했다.

여유롭고 느긋한 포르투갈이지만 이쯤 되면 온몸이 축 늘어진다. 외국인도 아닌 자국민의 출생 신고 같은 기본적인 업무가 이렇게 오래 걸린다는 게 말이 되는 걸까? 동사무소 직원이 그런 간단한 일도 처리를 못하다니. 이전 서류를 찾아보면 될 일인데 그것조차 해 주지 않으니 언젠가 이곳에 완전히 정착할 수 있을지 두려워지기 시작했다.

알베르토에게 이런저런 푸념을 늘어놓으니 200퍼센트 공감한다며 고개를 끄덕였다. 하지만 역시 별 수 없기는 마찬가지.

"나는 여기서 태어나 계속 살아왔기 때문에 진절머리가 나고 지긋지긋하긴 해도 어느 정도 면역이 생겼어. 그리고 계속 경험해 보니까, 시간이 좀 오래 걸려서 그렇지 웬만하면 언젠가는 다 되더라고. 그냥 스트레스를 안 받으려 하는 게

최선이다 싶어. 게다가 이 정도는 사실… 약과야. 진짜 최고는 국세청이지. 거기는 정말 비효율적이고 그렇게 무능할 수가 없어. 진짜배기는 국세청을 겪어 봐야 알 수 있다고."

나의 불만에 공감하면서도 위로인지 뭔지 모를 이야기까지 덧붙이는 그 말에 또다시 머리가 지끈거리려 했지만, 스트레스를 받아 봐야 별 수가 있나. 아쉬운 사람은 우리고, 이미 신청했으니 기다리는 것밖에 할 수 있는 일이 없었다.

포르투갈식 마인드를 장착하고 맛있는 저녁을 즐기기로 했다. 알베르토가 만든 시금치 오믈렛에 올리브 절임, 새로 사온 햄과 치즈에 와인까지 한 병 따서 함께 먹으니 몸과 마음이 서서히 풀어졌다. 아, 향긋한 와인과 신선한 음식, 그리고 좋은 친구이자 인생의 동반자가 있어 참 다행이다.

합리적이고 효율적이면서도 적당함을 유지하면 좋을 텐데. 속 터지지 않으면서도 무한 경쟁으로 모두를 숨막히게 몰아가지도 않는 딱 그 중간 정도라면 좋으련만. 한 사회가 그 사이에서 균형을 잡는 것은 쉽지 않아 보인다.

한국은 너무 효율적이고 편리한데 더 빨리, 더 많이 추구하는 그 지나친 속도와 압박감에 가끔 현기증이 날 정도다. 반대로 포르투갈은 너무나도 인간적인데 가끔 그 비효율과 태평함에 짜증이 확 치민다. 한편으로는 한국의 서울과 포르투갈의 알비토, 즉 빠른 한국에서도 가장 빠르고 경쟁적인 곳과 느린 포르투갈에서도 특별히 더 느리고 여유가 넘치는 곳, 극과 극을 오고 가기 때문에 특히 더 그런 것 같다는 생각도 든다.

힘 빼고,
각자 또 같이

한국에 머무르던 어느 날, 우리가 함께 길을 걷는데 'The Pre-mium Library, The Premium Study Cafe'라 쓰인 스탠딩 배너 광고가 눈에 들어왔다. 아주 세련되고 현대적인 내부 사진도 함께 인쇄되어 있었다. 약 20년 전 내가 고등학생이었을 때의 독서실과는 꽤 달라 보였다. 독서실이라는 곳을 처음 본 알베르토가 호기심 반 의문 반으로 고개를 갸웃했다.

"이게 뭔데? 스터디 카페와 라이브러리? 그런데 책은 어디에 있어? 사진 속에는 책이 안 보이잖아."

"아마 이 독서실은 각자 공부할 것들을 들고 와서 공부하는 곳일 거야.”

“아하, 한국인들은 정말 공부를 많이 하나 보네.”

“그런 편이지. 내가 학생이었을 때는 이런 독서실에 고등학생들이 많이 갔어.”

독서실에 대한 설명이 이어지다 보니 자연스럽게 한국 고등학생들의 하루 일과로 주제가 옮겨 갔다. 내가 고등학교 3학년이었을 때는 아침 7시까지 등교해 오후까지 이어지는 수업을 다 듣고 이후에 저녁 10시까지 야자를 했다. 야자란 방과후 저녁 시간에 학교에 남아 자율적으로 공부한다는 뜻이지만 실제로는 대부분 반강제였으며, 많은 학생은 야자가 끝나면 독서실에 가 새벽까지 공부를 더 했다는 이야기까지. 알베르토는 기겁을 했다.

“오 마이 갓! 밤 10시까지 학교에서 공부를 했다고?”

“솔직히 말하면 그렇게 쉬지 않고 계속 공부만 한 건 아니야. 하지만 공부해야만 한다는 강박 관념에 사로잡혀 있었다고나 할까….”

“아니, 대체 왜?”

그러게 말이다. 대체 왜 그랬을까?

그러다 문득 알베르토는 학창 시절에 어땠는지 궁금해졌다. 고등학교 마지막 학년에 어땠냐고 물어보니, 수업을 일주일에 12시간밖에 듣지 않았다고 한다. 게다가 주중 하루는 수업이 없어서 학교에 나가지 않기도 했다고.

"그럼 남는 시간에 대체 뭘 했어?"
"너무 예전 일이라 기억은 희미하지만 아마 책도 읽고 정원
일도 하고 그랬던 것 같아. 취미활동 같은 거."

원래 포르투갈 학생들의 생활이 그런 건지, 아니면 그가 독특했던 건지. 거듭 의문을 제기하자 돌아오는 것은 간단한 한마디.

"공부는 대학생이 되고 나서 열심히 했지. 공부하려고 대학
교에 간 거였으니까."

마흔 살에 접어든 지금, 사람들의 인생은 다양한 모습으로 흘러갈 수 있으며 줄 세우기로 숨막히게 몰아붙이는 삶이 결코

건강하지 못하다는 것을 안다.

돌이켜 보면 학창 시절에도 입시 지옥이라는 말을 체감하며 그 시스템이 무언가 잘못되었다고 생각하긴 했었다. 그러나 반기를 들고 거부하기엔 너무 어리고 용기가 없었거니와 뭘 어떻게 해야 할지도 몰랐다. 일단 눈앞의 목표인 대학교에 가서 생각해 보자며 넘겼다. 막상 대학에 가니 고등학교 때만큼 대놓고 강요하진 않았지만 서열화와 획일화, 그리고 미래에 대한 불안으로 인한 경쟁과 압박은 여전했고 오히려 좀 더 교묘해졌다. 직장에 들어가도 마찬가지였고, 먹고살 걱정이 현실로 다가오자 점점 알아서 길들여져 갔다.

우선 대학에 가고 나서 생각해 보자며 미루어 왔던 뭔가가 잘못된 것 같다는 그 느낌은 계속해서 나를 불편하게 했다. 결국 더 이상은 외면할 수 없다고 느꼈을 때쯤에야 자리를 박차고 나올 수 있었다. 그러고 나니 후련하긴 한데 생활의 불편과 맨땅에 헤딩하는 듯한 서투름, 그리고 너무 뒤늦게 나 스스로에 대해 돌아보는 것 같다는 불안감이 생겼다. 그래도 아직까지는 잘한 결정이라고 느낀다. 어찌 되었든 나를 똑바로 마주하고 휘둘리지 않게 단단히 지켜내는 길을 선택해 나아가고 있기 때문이다.

이런 과정을 나름 멀리 돌아와서야 비로소 힘을 조금 뺀 나의 입장에서는 알베르토의 유년기와 학창 시절이 너무나도 비현실적으로 느껴져 가끔은 괜히 억울하기까지 하다. 그렇게 여유 있게 청소년기를 보내며 하고 싶은 일들을 하고 살았다니 시샘과 부러움도 든다.

물론 포르투갈도 최근에는 점점 더 치열한 경쟁 사회가 되어 가며 양극화가 진행되고 있다. 포르투갈 역시, 그곳에서 나고 자란 사람들이 느끼는 나름의 기대치와 부담감이 있을 것이다. 한 사회의 구성원인 이상, 이로부터 완전히 자유롭지는 못할 것이다.

그러나 전반적으로 봤을 때 여유를 느낄 수 있는 정도, 힘을 빼고 살아가는 것에 대해 사회적으로 용인되는 정도, 다른 모습을 봐도 별 거부감 없이 포용하는 정도가 한국보다는 포르투갈에서 더 크다고 느껴진다.

그렇게 개인으로서 힘을 빼고 사는 것도 좋지만 한편으로는 개인이 파편화되지 않게 지켜 주는 버팀목도 중요하다. 알비토에서는 이 버팀목이 아주 단순하고 소박하다. 모두가 함께 둘러앉을 수 있는 식탁, 있는 그대로 자연과 호흡하며 나누는 먹거리와 와인, 이 모든 것을 함께 나눌 수 있는 사랑스러운 가족과 친구, 이웃들. 별로 서두를 필요 없이 재촉하지 않고, 흐르는 대로 매 순간을 즐길 수 있는 넉넉한 생활. 그리고 이런 모든 것들이 차분히 쌓여 가는 오래된 집.

2장.

집은
한 가족의 연대기

사랑하는 우리의 알비토 집

처음 알비토 집에 들어섰을 때 굉장히 놀랐었다. 무척 오래되었지만 여전히 멀쩡한 모습에 한 번 놀라고, 구석구석에 가족들의 손때가 고스란히 남아 있다는 걸 알게 되며 두 번 놀랐다.

대문을 지나 목초지와 나무들이 줄지어 선 길을 따라 주욱 걸으면 조그마한 하얀 집이 나온다. 바로 우리의 알비토 집이다. 알베르토의 고조할아버님이 19세기 후반에 터를 닦아 지으셨고, 그 이후에 증조할아버님, 할아버님 대까지 계속해서 내려오다가 할아버님이 알베르토에게 물려주셨다. 마을 중심가에서 차로 3분 거리에 떨어져 있는 아담한 단층집으로, 목초지와 과수원으로 둘러싸여 있다. 건물의 바로 옆에는 물탱크가 자리 잡고 있다.

우리 집은 여름철이면 35도를 훌쩍 넘어가는 포르투갈 남부의 건조하고 뜨거운 날씨에 잘 맞게 지어졌다. 두꺼운 하얀 외벽이 열기를 막아 주고 그 옆의 물탱크가 자연 쿨러 역할을 해 준다. 물탱크는 500미터 정도 떨어져 있는 깊은 우물과 연결되어 있는데, 물이 끊이지 않고 조금씩 흘러들어 와 여름철에는 아주 시원한 수영장이 된다.

물탱크 앞에는 잔디밭과 야외 테라스가 있다. 이곳에서 우리 아이들은 걸음마를 연습하고, 동물 가족과 함께 놀다가 늘어지게 낮잠을 자기도 한다. 가끔 그릴에 소시지를 구워 먹기도 한다. 아침에는 햇살이 내리쬐지만 점심나절이 지나면 어느샌가 나무 그늘이 진다. 볕 좋은 날 선베드를 놓거나 두꺼운 담요를 깔고 뒹굴뒹굴하면 그렇게 나른할 수가 없다. 흐드러지게 핀 능소화 사이로 붕붕대는 벌소리와 저 멀리서 매애 하는 양들의 울음소리를 들으며 깜빡 졸기도 한다.

문을 열고 집 안으로 들어서면 바로 왼쪽에 벽난로가 보이고, 오른쪽으로는 거실, 식당, 주방, 욕실과 침실들이 차례로 이어진다. 거실에 있는 커다란 궤짝은 알베르토의 할아버님이 물려받은 것이고, 집을 채우고 있는 가구들 역시 한눈에 봐도 족히 수십 년은 된 것들이다. 집이 생길 때부터, 또는 그전부터 있었을 법한 것들이 대부분. 이 일대의 풍차 방앗간이 문을 닫을 때 들고 왔다는 커다란 맷돌도 보이고 19세기 말에 쓰였을 법한 옛날식 스토브도 있다. 벽에 걸린 그림과 사진들도 모두 백 년 이상 된 것들이다. 알비토의 옛 모습을 담은 사진들과 19세기에 활동했던 유명한 풍자 화가의 작품도 있다.

"우와! 이 집에 있는 거, 다 진품명품에 나가도 되겠어!"
"어느 정도 주목 받는 것들도 있을 것 같긴 해."

포르투갈에도 우리나라의 〈TV쇼 진품명품〉 같은 프로그램이 있어 지역을 돌아다니며 찍기도 한다. 나는 모든 게 다 신기한데, 알베르토는 대수롭지 않게 받아넘긴다. 거실에 들어서자마자 눈길을 사로잡는 커다란 궤짝 안에는 무엇이 있냐고 물으니 직접 확인해 보란다. 다가가 살며시 열어 보니 오래된 사진들과 엽서, 알베르토가 꼬마였을 때 열심히 모았다는 동전, 책과 잡지들이 가지런히 정리되어 있다. 그 틈바구니에서

알베르토가 한두 살 때 어머님이 쓰셨던 육아 수첩도 발견했다!

"태어났을 때 3.78킬로그램, 돌 무렵에는 거의 13킬로그램까지 나갔네! 우리 첫째가 튼튼한 게 다 아빠를 닮은 거구나. 처음 사귄 친구들 이름도 있어! 아하하, 귀엽다."

이렇게 한 페이지씩 넘기며 그의 어릴 적 이야기들을 보고 듣는 게 마치 오래전에 묻어 두었던 타임캡슐이라도 열어 보는 듯한 기분이었다. 알베르토는 사진들을 넘기며 집과 가족들에 얽힌 추억들을 새록새록 꺼내 놓는다.

거실 한편을 차지한 장식장을 열어 보면 더 오랜 시간의 흔적이 묻어난다. 할아버님과 증조할아버님에게 물려받은 그릇과, 무슨 용도로 사용됐을지 짐작조차 하기 힘든 실험 도구 같은 것도 보이고, 낡은 카메라와 빛바랜 앨범도 함께 자리하고 있다. 앨범을 펼쳐 보니 1900년대 초반의 사진과 엽서들이 고스란히 꽂혀 있다. 알베르토가 엽서를 읽어 보더니 싱긋 웃는다.

"이건 1910년 당시에 벨기에 리에주에서 공부하시던 증조할아버지가 당신의 대모님께 썼던 엽서야."

"와, 정말 놀라워!"

"뭐가?"

"가족의 기억과 흔적들이 이렇게 고스란히 남아 있다니. 게다가 백 년도 훌쩍 지났는데 후손들이 이렇게 보고 있잖아! 1910년은 어땠을까? 세계대전이 일어나기도 전인데, 여기서 리에주까지는 어떻게 가셨을까?

당신 증조할아버님은 증손자가 한국이라는 낯선 나라에서 온 여자와 결혼할 거라고는 상상도 못했겠지? 그때는 한국이라는 나라도 당연히 모르셨을 테고…. 신기해. 시간 여행이라도 하는 기분인데?"

"하하, 듣고 보니 그렇네."

알베르토가 한국의 부모님 집에 방문했을 때 무척 미니멀하다고 했던 게 떠오른다. 알비토 집에 와 보니 그때 어떤 느낌이었을지 조금은 상상이 된다. 알베르토와 그의 가족에게 집은 가족의 연대기나 다름없다. 오랜 시간 한 마을에 터를 잡아 대를 이으며 살아 왔고, 그래서 자연스럽게 그 기억과 흔적들이 남아 있다.

반면, 나의 친정집은 전형적인 아파트다. 그리고 우리 가족역시 전형적인 도시 사람들의 생활 패턴대로 살아왔다. 아버지의 사업에 따라, 혹은 올라 버린 전셋값 때문에 집을 옮기고, 지금은 나이 드신 부모님께 맞는 곳으로 이사를 갔다. 10년 정도 된 아파트고, 그곳에서 얼마나 더 머무르실지는 알수 없다.

직장에 들어가자마자 독립해 혼자 살기 시작한 나의 경우에는 더 변화무쌍했다. 1~2년 단위로 부서 이동, 교통편에 따라 집을 옮기는 것은 당연한 일이기도 했고 별로 어렵지도 않았다. 번거롭긴 했지만 서울에서 1인 가구용 집 계약은 보통연 단위로 되어 있었기 때문에 이사하는 것도, 집을 찾는 일도 특별한 게 아니었다. 직장 동료들의 이야기를 들어 보면 결혼하고 자식이 생겨 3~4인 가족이 되어도 별로 다를 바가없었다. 단지 돈의 단위가 조금 달라질 뿐이었다. 모두들 언제나 이사 중이었다. 집은 한 개인, 혹은 가족이 함께 나이들어가는 공간보다는 다음 장소로 옮겨가기 전까지 잠시 머무르는 곳 정도로 느껴졌다.

그래서 그런지 내게 있어 한국의 집은 어느 동네나 지역이라기보다 부모님이 계시는 곳이다. 따뜻하고 그리운 곳이긴 하지만, 알비토 집에서처럼 차곡차곡 쌓인 시간의 무게감, 오래된 가족의 추억 같은 걸 느끼기는 힘들다.

언젠가 알베르토는 우리가 사는 동안 알비토 집을 잘 관리해 아이들에게 물려주고 싶다는 말을 했다. 나도 알비토 집에 자연스럽게 녹아든 지금은 그 말이 부동산 상속 이상을 의미한다는 것을 잘 안다. 아이들이 지금의 우리 나이대가 되어 각자 꾸린 가족이 있다면 함께 와 머물렀으면 좋겠다. 걸음마하고 산책하는 사진을 가족들에게 보여 주며 옛날 이야기를 들려주고, 오래되고 낡았지만 정겨운 물건들을 만지며 알비토 집에서의 추억을 곱씹으면 좋겠다. 자신이 선택한 삶의 방식에 따라 오래 머물 수도, 짧게 머물 수도 있겠지만 아이들에게도 마음의 고향이자 정다운 장소로 기억됐으면.

아담한 시골 마을 알비토에서는 친척과 친구들을 방문하면 집을 구경시켜 준다. 한 집에서 몇십 년은 기본이고 대대로 사는 경우도 많아 온갖 오래된 소품과 거기에 담긴 이야기들이 무척 다채롭다. 특히나 외국인인 내 입장에서는 사람 손 모양의 문고리 하나까지도 발걸음을 멈추고 한 번 더 들여다보게 된다.

친분 관계가 없다면 다른 사람의 세간살이를 구경할 일이 거의 없는데. 이런 초대에는 항상 감사할 따름이다. 게다가 알비토와 그 인근 마을의 집들은 밖에서만 대충 봐서는 그 내부를 상상하기 어렵다. 대부분이 외벽을 하얗게 칠한 단층 주택

들로, 보통 현관문과 창문이 하나씩 달려 있다. 정원이나 앞뜰이라도 보이면 내부를 좀 더 상상하기 쉬울 것 같은데 밖에서 보기에는 모두 비슷하다. 그러나 몇몇 집을 돌아다니며 구경하다 보니 공통적으로 안뜰이 있었다. 좁아 보이는 현관문을 지나 안으로 들어서면, 비밀의 정원처럼 밝고 화사한 공간이 나온다!

포르투갈 부모님네도 마찬가지다. 알베르토의 증조할아버님이 1940년대에 지은 집으로, 세대를 이어 지금까지 후손들이 살고 있다. 오랜 세월만큼 가족들의 흔적과 손때 묻은 물건들이 참 많다. 현관으로 들어서면 가장 먼저 긴 복도가 나오고 복도 양쪽으로 방들이 자리 잡고 있다. 제일 앞쪽에는 응접실과 식당이 있고 복도 곳곳에는 미니어처 장식품부터 화병, 오래된 접시 등 두 분이 수집한 물건들이 전시되어 있다. 복도가 길어 걸어 둘 곳도 많고, 천천히 구경하다 보면 시간 가는 줄도 모른다. 가구들도 마치 박물관에서나 볼 법한 것처럼 오래되었다. 하지만 긴 세월을 견뎌 낸 단단함이 배어 있어 그런지 초라하거나 낡아 보이지는 않는다.

거실과 침실에는 가족들 사진이 가득하다. 하나하나 들여

다보면 부모님이 젊었을 때부터 자녀들과 손주들이 쑥쑥 커 가는 모습까지 파노라마로 볼 수 있다.

거실에는 벽난로가 있는데 겨울에 불을 피우고 앉아 있으면 꾸벅꾸벅 졸음이 쏟아진다. 우리 집에서 살다가 부모님 집으로 옮겨 간 고양이 줄리가 가장 좋아하는 자리 역시 이 벽난로 앞, 특히 그 앞에 앉아 있는 아버님의 무릎 위다.

거실 옆으로 다섯 계단을 내려가면 주방이 나온다. 식당이 따로 있지만 주방에서 요리를 해 식사까지 바로 하는 경우가 더 많다. 식당은 온 가족들이 함께 모일 때와 일요일에 정찬을 할 때 주로 사용한다.

주방에는 세 개의 문이 있는데 이 문들은 각각 거실 계단, 복도, 그리고 안뜰로 통한다. 안뜰 문으로 나가면 작은 테라스가 있다. 테라스는 화분과 새장, 테이블로 아담하게 꾸며져 있고 한쪽에 안뜰로 내려가는 계단이 있다. 이 계단은 우리 아이들이 할머니, 할아버지와 손을 잡고 오르락내리락 걸음마 연습을 하기에 딱 좋다.

아이들은 고양이 줄리와 함께 놀기도 하고, 할머니와 함께 정원 어딘가에 숨어 있는 거북이도 찾고, 나무와 꽃에 물도 준다. 안뜰 정원은 아주 넓지는 않지만 아름다운 꽃나무, 포도와 레몬이 열리는 과일나무, 선인장과 푸른 식물들로 항상 파릇파릇하다. 분명 집 안으로 들어왔는데 다시 정원이 펼쳐지는, 마치 다른 세계로 걸어 들어온 것 같은 신비한 느낌이다.

안뜰을 가로지르면 조그만 별채가 있고 바로 옆에 창고와 양조장이 있다. 양조장은 규모가 크지는 않지만 엄연히 와인과 리큐어를 담글 수 있는 곳이다. 10년 전만 해도 직접 술을 담그셨다는데 지금은 힘에 부쳐서 하지 않으신다. 벽에 걸린 사진을 보니 그때의 모습이 선명하다. 양조장에서 술을 담그는 장면, 한쪽에 테이블을 놓고 친구와 가족들과 함께 술과 음식을 즐기는 모습이 고스란히 담겨 있다. 역시 술이 있어서인지 다들 흥겹고 즐거워 보인다.

부모님 집은 거의 매일 들러도 새롭게 구경하는 재미가 있다. 레이스 뜨기로 만든 제법 오래되어 보이는 쿠션 커버, 난생처음 보는 색의 식탁보들, 각양각색의 타일과 그릇들, 다양한 수집품, 빛바랜 포스터와 그림들, 가족들의 사진, 기타 쓰임새를 알 수는 없지만 오래된 물건들을 구경하다 보면 고즈넉한 따스함이 느껴진다.

이런 물건들을 구경하며 알베르토에게 질문 세례를 던지면 술술 나오는 이야기보따리를 듣는 것도 무척 흥미롭다. 이건 뭐다, 저건 뭐다 단답형으로 나오는 경우는 거의 없다.

"이건 말이야, 타야Talha라고 해."

"뭐에 쓰는 거야? 엄청 큰 항아리 같네."

"와인을 담글 때 여기에 넣고 발효를 하는 거야."

"와, 어른 키보다 훨씬 더 큰데 여기에다 와인을 보관했단 말이야?"

"그럼, 그리고 말이지…"

"이건 무슨 포스터야?"

"밀가루 생산자 조합 포스터야."

"그런 게 다 있었어?"

"응, 옛날에 정부가 알란테주에서 밀가루 생산을 많이 독려했었대. 예상보다 그 성과가 안 좋아서 그냥 흐지부지 되었지만 말이야, 그리고…"

"와, 이 그릇들 좀 봐. 색깔이며 문양이 다들 참 다르네."

"저건 이모가 할머니에게 물려받은 거고, 저기 저건 옆 동네에서 할머니가 산 거야."

"그런 걸 어떻게 알아? 다 기억하는 거야?"

"옛날에 저 그릇들 벽에 달 때 이야기를 들어서 그렇지, 뭐."

"이 사진 주아웅 아니야?"

"그렇네. 맞아, 기억난다. 그때 말이야, 주아웅이 친구들과 놀러 가면서 나를 데리고 갔거든. 그렇게 데려가 놓고 나보고 아직 같이 놀기에는 어리다고 한쪽 구석에만 있으라고 하는 거야. 두 살밖에 차이도 안 나면서. 그래서 내가…"

보통 깔끔하고 모던한 인테리어를 '북유럽 스타일'이라 부르곤 한다. 하지만 우리 집을 포함해 내가 봐 온 알비토의 가족, 친구들의 집은 정반대다. 기본적으로 몇십 년의 이야기를 간직한 공간에 기억과 물건, 온기가 함께 스며 있다. 다양한 옛 스타일과 역사가 날것 그대로. 북유럽식 미니멀리즘과는 정반대의 맥시멀리즘이라고나 할까.

어떻게 보면 조금 정신 없을 수도 있고 딱히 세련된 느낌은 아니지만, 난 이런 알비토 스타일이 참 정겹고 따뜻하다.

장난감의 대물림

우리 아이들도 이러한 알비토 맥시멀리스트 혜택을 톡톡히 누린다. 언젠가 한번, 어머님이 커다란 상자를 가져오셨다. 안에는 알베르토와 그의 형제들, 그러니까 아이들의 큰아버지와 작은아버지, 삼촌들부터 그 자녀들인 사촌들까지 갖고 놀던 장난감들이 한가득. 5센티미터 크기의 스머프들이 제법 많고 내가 잘 모르는 만화 캐릭터들도 있다.

보배는 새 장난감을 보고는 잔뜩 신이 났다. 인형들을 세워 놓고 나름 혼자서 일인 다역으로 종알종알 잘도 논다. 옆에서 루이스가 그 모습을 지켜보더니 씨익 웃는다. 루이스와 알렉산더는 벌써 사십 대 후반, 그 아들딸들이자 우리 아이들의 사촌들은 십 대 후반이다. 정말 말 그대로 대를 이어 내려오는 장난감인 것이다.

"어머, 이것 봐. 이건 내가 어렸을 때 갖고 놀던 건데!"

사촌 아이들도 오래된 장난감을 보고 반가워한다. 알베르토도 잔뜩 신이 났다. 얘는 이름이 뭐고, 이 장난감들은 카우보이 영화 놀이를 할 때 많이 갖고 놀았다 등 손가락만한 장난감들에 얽힌 추억담이 쏟아져 나온다.

어머님은 피규어부터 시작해 장난감 차, 소꿉놀이 세트, 나무 블록, 손수레 등으로 가득 찬 커다란 상자 네다섯 개를 하나씩 하나씩 꺼내 놓는다. 장난감들은 한눈에 봐도 무척 오래되었다. 가족들의 손때가 고스란히 묻어 있고, 상태가 깨끗해도 참 옛스럽다.

이곳 알비토에서 우리 아이들이 가장 좋아하는 것은 물놀이와 흙장난이다. 하지만 새로운 장난감을 마다하는 아이들이 과연 있을까. 해가 지면 바깥 놀이를 못 하니 집에 들어와 인형이며 자동차, 블록을 몽땅 쏟아 놓고서 신나게 논다.

몇십 년 간 대를 이어 한 집에 오래 살면 당연히 온갖 잡

동사니가 늘어날 수밖에 없다. 하지만 대물림 장난감을 갖고 놀면 불필요한 낭비도 줄이고 추억도 함께 공유하게 된다.

보배는 족히 5년, 루이지냐는 그보다 더 오래 이 장난감들을 갖고 놀 것이다. 그 다음에 이 장난감들은 어떻게 될까? 시부모님 댁이나 우리 집 창고 귀퉁이 상자에 얌전히 웅크리고 있다가 30년 즈음 후에 우리 아이들이 자녀들을 데리고 오면 다시 빛을 보게 되겠지. 나에게는 손주가 될 그 아이들에게 다시 이 장난감들을 꺼내 주며 아련하게 지금 이때를 그리워할지도 모르겠다.

알비토 옆 동네인 베자Beja에는 나의 형님이자 알베르토의 형수님인 칼라가 살고 있다. 그녀가 결혼 전에 살던 부모님 집을 방문할 기회가 생겼는데, 알베르토의 말에 의하면 그 집은 새집이란다.

"얼마나 된 집인데?"

"글쎄, 아마 그 집에서 1970년대부터 사셨을 거야."

"아니, 그럼 대충 잡아도 4~50년이잖아! 그게 새집이야?"

"그렇게 오래된 집은 아니란 얘기지."

하긴, 우리의 알비토 집은 19세기 중반까지 그 역사가 거슬러 올라가니 그의 눈에는 1970년대부터 살기 시작한 집은 일단 새집이라고 여겨질 법도 하다.

지하 공간이 꽤 널찍한 1층짜리 집은 방만 열 개 가까이 되고 거실과 서재, 칼라의 작업실, 넓은 식당까지 있어 쓰윽 둘러보기만 했는데 30분이 지나갔다. 천상 포르투갈 사람인 칼라는 나에게 하나하나 다 보여 주고 싶어했고 나도 그녀의 이야기가 궁금하고 재미있어 계속 물어봤다. 새집에 별로 관심이 없는 알베르토는 발걸음을 서둘렀지만.

결혼 전에 있었던 일들, 젊은 날의 추억, 부모님이 젊었을 때의 일화, 칼라의 취미인 액세서리 만들기, 애완동물 등 재미난 에피소드들이 끊이질 않았다.

새집도 이 정도인데 좀 더 오래된 집은 그야말로 이야기의 화수분. 건물은 물론 천장의 장식과 시계, 액자 같은 소품까지 딱 봐도 세월이 느껴지는 알베르토의 이모님 집은 넓은 정원과 별채까지 딸린 3층짜리 대저택이다. 알비토 지역 유지였던 귀부인이 소유했던 집으로 아마도 18세기 후반에서 19세기 즈음 지어지지 않았을까 추측만 하고 있다. 낡아 가고 있던

이 집을 1960~70년대에 알베르토의 할아버님이 사들여 지역 아이들을 위한 학교로 운영했단다.

그리고 돌아가실 때까지 살았던 집이다. 이후에는 알베르토의 이모님이 물려받았다. 지금은 이모님과 딸 둘, 그러니까 알베르토의 사촌 둘이 살고 있다. 한눈에 봐도 하인들과 요리사, 정원사까지 함께 살았을 법한 거대한 규모라서 세 명이 사는 지금은 대부분의 방들은 비어 있고, 실제로 사용하는 공간은 1층과 2층의 방 일부 정도다.

이곳은 알베르토가 어렸을 때 몇 년 동안 살았던 집이기도 하다. 당시 걸어서 3분 거리에 살던 부모님은 신랑 아래로 누노, 알렉산더를 연달아 낳으셨다. 그래서 알베르토는 자연스레 몇 년 정도 할머니, 할아버지와 함께 살았다고. 같은 골목에 부모님과 할아버지, 이모 집까지 모여 있으니 자는 곳만 다르지 아이들이 시간을 보내는 장소는 거기서 거기였을 것이다. 사실 지금도 크게 다르지는 않다. 우리 집에서 조금만 걷다 보면 부모님 집과 셋째, 다섯째네 집이 나오고, 사돈 식구들 집도 가까이 있다.

1층에는 거실과 응접실, 서재, 손님방, 주방, 그리고 옛날에 집안의 일꾼들이 머물렀던 방들이 있고 2층에는 침실들이, 3

층에는 다락방과 창고가 있다. 밖으로 나오면 아주 널찍한 정원과 텃밭이 있다. 거기에다 별채까지 거느린 정말 커다란 저택으로, 어린 소년이었던 알베르토에게 이 집은 무척이나 흥미진진한 놀이터이자 탐구 대상이었을 것이다.

할아버지를 따라 정원에서 텃밭 가꾸는 법을 배우고, 1층부터 3층까지 쉴 새 없이 오르락내리락하며 술래잡기도 하고, 다락방에 올라가 창문 너머 지붕을 보다가 꾸벅 졸기도 하고, 비둘기를 쫓다가 부엌에서 형제들과 간식을 슬쩍 훔쳐 먹고, 어떤 때는 수프가 든 냄비에 수영복을 던져 넣어 혼나기도 하고…. 집에서만 놀아도 결코 지루하지 않았겠구나 싶다. 게다가 주변에 형제들, 사촌들, 또래 동네 친구들이 항상 있었을 테니 더더욱 심심할 틈이 없었겠지. 이 집에 방문하면 알베르토는 항상 옛날 이야기를 풀어놓고는 한다.

"도대체 수프 그릇에다가 수영복은 왜 넣은 거야?"
"나도 모르지. 사실 기억이 희미해. 그런데 어른들이 나만 보면 네가 그때 수프에 수영복 넣은 애로구나, 하도 얘기를 많이 하셔서…. 하긴, 얼마나 황당했을까? 가족들이 다같이 모여 앉아 수프를 뜨는데 수영복이 나왔으니 말이야."

"이 부엌에서 주아웅과 함께 몰래 크림을 훔쳐 먹었었어."

"그냥 크림? 아이스크림도 아니고?"

"응, 우리는 대가족이었으니까, 아침마다 커다란 통에 갓 짠 우유를 받아 왔거든. 시간이 조금 지나면 우유 위에 크림 라인이 떠오르는데 그걸 주아웅 형이랑 몰래 긁어서 설탕을 잔뜩 뿌려 먹곤 했었어. 정말 맛있었지."

"…그거 살균 안 하고 그렇게 바로 먹어도 돼?"

"하하, 역시 당신은 도시 여자야."

대화가 산으로 갈 때도 많지만 집 구석구석에서 나오는 이야깃거리는 무궁무진하다. 알베르토의 이야기를 들으며 오래되고 넓은 집에서 때로는 혼자, 때로는 형제나 친구들과 함께 뛰어놀았을 그 시절 모습을 상상하다 보면 살포시 웃음이 나온다.

어린 시절의 알베르토와 형제들을 돌봐 주셨다는, 이제는 아흔 살에 가까운 유모님께 우리 가족이 모두 함께 인사를 드리러 간 적이 있다. 유모님의 집은 이모님네에 비하면 작다. 하지만 레몬나무들과 텃밭이 무척 잘 가꿔진 아늑한 곳으로, 한평생 대부분을 이곳에서 보내셨다고 한다.

오래됐지만 초라하거나 지저분하다는 느낌 하나 없이, 당신 자신처럼 어찌나 깔끔하게 잘 가꾸셨는지. 안뜰의 레몬나무와 오렌지나무, 텃밭의 채소들은 생기가 넘치고 본채와 조그만 별채까지 아기자기하고 말끔하게 정리되어 있다. 가끔와서 머무르다 간다는 자녀와 손주들의 공간까지도 무척 아

늦하다.

그러고 보면 집은 그 공간에 머무는 사람을 닮아가는 걸까. 알베르토의 친구인 떼쥬의 집 역시 주인을 닮았다. 떼쥬는 자유로운 영혼의 싱글남인데 무척 유쾌한 사람이다. 공무원으로 일하며 여가 시간에는 텃밭을 가꾸고, 알비토 풍경과 고양이를 그림으로 담기도 하며, 종종 독서를 즐긴다. 나이 지긋한 어머니와 함께 살고 있는데 남동생 가족의 집이 정원을 사이에 두고 바로 앞에 있어 가족들이 옹기종기 모이는 경우가 많단다.

정원과 텃밭에는 레몬, 오렌지처럼 이 지역에서 흔히 보이는 과일들도 있지만 처음 보는 별별 신기한 꽃과 식물들도 많아 구경하는 맛이 쏠쏠하다. 거실과 복도에는 떼쥬가 직접 그리거나 모아 온 그림들이 걸려 있고, 서재에는 오랜 시간 간직해 온 책들이 잔뜩 쌓여 있다.

알비토와 이 근처의 친척, 친구들 집을 방문하는 것은 그래서 매번 새롭고 즐겁다. 최소 한 세대, 또는 그 이상 거슬러 올라가는, 머물렀던 사람들의 손길과 추억이 오롯이 담긴 공간과 소품들을 구경하고 얽힌 이야기들을 듣다 보면 마음이 포근해진다. 그리고 이 지역의 집들은 대부분 조그만 텃밭이나 안 뜰을 품고 있어 나무와 꽃들 보는 재미도 빼놓을 수 없다. 맑은 시골 공기를 마시며 저마다 빛깔을 뽐내는 다양한 식물들을 보고 향기를 맡는 게 얼마나 신선한 자극이 되는지. 개, 고양이, 닭 등 집집마다 다양한 동물들과 인사를 트는 일도 재미있다.

무엇보다 공간과 그 안에 살고 있는 사람들이 오랜 시간 함께 다정하게 나이 들어가는 흔적을 보는 것이 좋다. 유모님의 집에는 유모님의 어제와 오늘이 있고, 떼쥬의 집에서는 떼쥬만의 개성을 볼 수 있다.

집의 인테리어를 바꾸거나 새로운 가구와 가전을 들이고 사람들을 초대해 기분을 내는 일도 나쁘지 않다. 잡지나 인터넷에서 새로 유행하는 실내 디자인을 구경하는 것도 나름 재미있다.

하지만 한국에서는 이곳 알비토에서처럼 몇십 년 동안 터를 잡고 살아가는 일이 흔하지 않고, 그렇기 때문에 공간과 사람이 함께 주고받는 상호 작용과 다정함을 느끼기가 쉽지 않다. 사람마다 조금씩은 다르겠지만 내가 죽을 때까지 머무를 공간, 나 다음에는 내 가족과 자녀가 살아갈 공간이라는

생각이 들면 아무래도 집을 대하는 마음가짐과 태도가 조금
은 변할 것이다. 그러다 보면 시간이 지나며 자연스럽게 녹아
드는 흔적들도 달라지지 않을까?

가까이 살면서
자연스럽게

알베르토의 가족은 아주 오랫동안 알비토에서 터를 잡고 살았다. 고조할아버님 이야기까지 들었는데 더 오래되었을 수도 있다. 증조할머님은 벨기에 사람이지만 나머지 가족들은 모두 알비토와 옆 마을에서 나고 자란 토박이다.

알베르토는 다섯 형제 중 둘째인데 그의 형제들 모두 알비토에서 태어나 자랐다. 대학교는 각자 리스본이나 코임브라 Coimbra로 갔다가 다시 고향으로 돌아왔다. 형제 중 둘은 40킬로미터 정도 떨어진 옆 동네에, 나머지 둘은 알비토에 산다. 같은 동네에 살기 때문에 형제들 간에 오가는 것이 아주 자연스럽다. 함께 부모님 집에 모여 식사하고 시간을 보내는 경우도 많다.

처음에는 부모님이 음식을 준비하는데 나머지 가족들은 가만히 앉아서 먹기만 하는 게 너무 생소했다. 그래서 뭐라도 도와드려야 하나 안절부절못하고 나도 모르게 일어나서 기웃거렸다.

"나는 뭘 하면 될까?"

"응? 뭘?"

"좀 죄송해서…."

"죄송하다고? 왜?"

"두 분은 음식을 준비하는데 우리는 가만히 앉아 있잖아."

"그거야 여기는 두 분의 집이고, 두 분이 식사를 준비해 대
　접하는 거니까."

틀린 말은 아니지만 오랜 시간 한국에서 살았던 나로서는 한국식 예의 관념, 손윗사람과 손아랫사람 사이의 관계에 익숙했기에 가만히 앉아만 있는 게 쉽지 않았다. 식탁을 차리는 것이라도 도우려고 자리에서 일어나면 알베르토가 가만히 있으라며 만류했고, 그릇이라도 옮기려 하면 아버님과 어머님이

와서 나를 말렸다.

지금은 그냥 편하고 감사하게 생각하며 잘 먹는다. 가만히 지켜보니 요리는 두 분이 번갈아 가며 하고 그릇을 옮기거나 디저트를 준비하는 것은 아버님이 거의 도맡는다. 커피 준비 정도만 손자와 손녀들이 눈치껏 하는 편이다. 아직도 가끔씩 은 너무 편하게 얻어먹는 것 아닌가 싶은 생각이 들지만, 준 비하는 부모님도, 앉아서 먹는 아들들과 며느리들, 손주들도 그냥 자연스럽게 잘 먹고 거들 기회가 있으면 알아서들 거드 니 그런가 보다 한다.

"설거지는 어떻게 해? 도와드려야 하지 않아?"
"나중에 식기 세척기에 넣고 한꺼번에 하면 돼. 별걸 다 걱 정하고 그래."

하긴 알베르토가 한국에 있는 부모님 집에 온다고 해도 부모 님이 그에게 집안일을 시키지는 않을뿐더러, 그럴 생각도 없 으시다. 알베르토 역시 눈치 보면서 움직일 생각이 없을 것이 다. 공손하지 않다거나 예의가 없다는 것이 아니라 음식을 맛 있고 감사하게 먹으면서 자연스럽게 도울 수 있는 일이 있으

면 돕는 것이지, 내가 먼저 나서서 도와드려야 한다는 의무감
과 부담감을 갖지 않는다는 말이다.

가족들끼리 가까이에 살고 편하게 오가다 보니, 알비토에서는
삼대가 함께 어울리는 풍경이 아주 흔하다. 재작년 여름 알비
토에 머무를 때는 조카들 중 셋째인 로라의 생일을 다 같이
축하해 주었다. 로라는 알베르토의 동생인 알렉산더의 첫째
딸로, 이날 열일곱 번째 생일을 맞이했다. 로라의 할아버지와
할머니, 엄마와 아빠, 큰아버지인 알베르토와 큰어머니인 나,
삼촌, 이모와 이모부, 그리고 두 살부터 열아홉 살까지 연령대
도 다양한 사촌들까지, 한동네 사는 가족들이 모여 저녁을 먹
으며 떠들썩하게 수다를 떨었다.

식사는 로라의 아빠가, 디저트는 엄마가 준비하고 나머지
가족들은 와인과 선물을 챙겼다. 밤 10시쯤에 로라는 친구들
끼리 2차 파티를 즐기러 외출했지만 그전까지 저녁 시간 내내
온 가족이 함께 어울렸다. 알베르토와 대화를 나누다 자연스
럽게 한국의 이야기도 나왔다.

"집집마다 조금씩 다르겠지만 한국에서는 열일곱 살에 할

아버지와 할머니를 비롯해 친척들이 모두 함께 모여서 생일을 축하하는 건 상상하기 힘든 일이야. 근데 로라도 정말 행복해 보이고 가족끼리 스스럼없이 모이는 게 참 좋다. 아버님과 어머님부터 로라, 우리 보배까지 모두 같이 있는 게 전혀 어색하지 않아 보여."

"맞아. 사실 나는 젊었을 때만 해도 이런 가족 모임이 조금은 지겨웠어. 가족들이 많으니 챙겨야 할 생일도 너무 많아서."

"정말? 그럼 지금은 어때?"

"확실히 이제는 좀 다르네. 아빠가 돼서 그런가?"

사촌 형, 누나들과 어울려 즐겁게 노는 보배의 모습에 씩 웃으며 답한다. 이제 각각 만으로 한 살과 세 살이 된 우리 아이들은 알비토에서는 여러 사람의 따스한 보살핌을 받으며 지낸다. 아침을 먹고 나면 과수원과 목초지를 돌보러 오는 할머니와 할아버지를 따라다니며 산책을 한다. 할머니를 따라 꽃과 나무에 물을 주기도 하고, 할아버지 곁에서 조심스럽게 양떼에게 먹이 주는 것을 구경하기도 한다.

점심때는 차로 5분 거리에 있는 할머니와 할아버지 집에 자주 가는데, 거의 항상 사촌들이 먼저 와 있다. 바로 옆집에 사는 로라와 마틸드가 가장 자주 오고, 옆 동네 사는 사촌들도 종종 온다. 다들 이미 어른에 가깝기에 막내둥이인 우리 아이들은 귀여움을 독차지한다. 사촌들은 종종 친구들도 데려와 함께 아이들과 놀아 준다. 할머니, 할아버지, 친척 가족과 사촌들 그리고 친구들까지. 이렇게 지내다 보면 엄마와 아빠의 독박 육아는 애초에 불가능하다.

알비토는 친척보다는 가족이라는 단어가 어울리고, 모든 가족이 이렇게 모여 친근하게 지낼 수도 있구나 싶은 곳이다. 처음에는 잘 지내다가 나중에는 이런 가까운 사이가 부담이 되지는 않을까 하는 걱정도 들었지만 아직까지는 그렇지 않다. 함께 모였을 때 며느리나 아들이라고 해서, 혹은 나이가 어리다고 해서 누군가에게 일을 떠밀지도 않고, 일하는 사람 따로 즐기는 사람 따로가 아니기 때문이다.

작년에 우리 집에 가족들이 모여 점심 식사를 했었다. 그날따라 알베르토와 나 둘 다 괜히 아침부터 마음이 분주했다. 집도 치우다 말았고, 요리 재료로는 무엇을 준비해야 할지도 좀 고민되고, 날씨는 비가 올 것처럼 흐린데 테이블과 의자는 어디에 놓아야 할지 모호하고. 확실하게 준비된 것은 전날에 와이너리에서 사 온 와인 두 상자뿐. 누가 포르투갈 시골 사람 아니랄까, 알베르토는 조금 분주한 척하다가 금세 태연해졌다.

"제일 중요한 건 됐어. 와인 말이야. 그리고 다들 알아서 와
인을 더 사 올 테니까. 일단 그거면 충분하지."

누노의 가족이 식당에서 새끼 돼지 통구이인 레이타웅Leitão 을 두 마리 포장해 가장 먼저 도착했다. 레이타웅과 함께 돼지 넓적다리 염장 햄 프르준투Presunto도 식탁에 올렸다. 회칼 같은 얇은 칼로 바로 썰어 먹으면 짭조름하고 기름진 것이 딱 술을 부르는 맛이다. 먼저 도착한 사람들끼리 간단히 햄, 치즈, 빵, 와인 등을 먹고 마시는 동안 다른 가족들도 속속 도착했다.

알베르토의 사촌인 안나와 남편 카를로스, 그리고 안나의 부모님인 이모님 부부가 아이들에게 줄 장난감과 옷을 잔뜩 들고 왔다. 뒤이어 알렉산더의 가족 네 명에 주아웅의 가족 다섯 명, 루이스와 우리 부모님까지, 집이 아주 북적북적해졌다.

몇 년 전의 나였다면 정말 당황스럽고 안절부절못했겠지만 지금은 이런 모임이 꽤 편안하다. 이제는 다들 얼굴을 알고, 말은 잘 안 통하지만 손짓 발짓도 해 가며 어떻게든 의사소통을 한다. 느슨하고 자유로운 분위기에, 우리가 초대했으니 무언가를 거창하게 준비해야 한다는 부담감도 없고 참 편하다. 가족들이 그런 걸 기대하지도 않거니와 우리도 무리해서 준비하진 않는다.

"부모님 집에 가서는 가만히 얻어먹기만 하는데, 우리는 이
렇게 편해도 돼?"

"부모님 집에 가서 먹는 건 주로 열 명 이하의 사람들이 모
일 때잖아. 오늘처럼 스무 명 이상 모이는 경우는 또 다르
지. 이렇게 많이들 모이니까 누노네 가족이 알아서 레이타
웅을 준비해 온 거 아니겠어?

그리고 현지에서 많이 먹는 포르투갈 음식들을 외국인인
당신이 다 준비하기는 힘들잖아. 루이지냐도 있는데. 당신
은 아기를 돌보는 것만으로도 충분해. 같이 모여서 먹고 마
시면서 즐겁게 시간을 보내려고 만나는 거니까."

첫해에는 '그래도 우리 집에 초대했는데 너무 편하게만 있으
면 안 되는 거 아닐까? 완벽하게 준비해서 제대로 대접해야
하는 거 아니야?' 하며 계속 걱정했는데 이제는 익숙해졌다.
가족들의 배려에 감사하며 기대기로 했다. 루이스와 부모님이
가스파초 냉수프를 준비하고, 누노와 알렉산더가 레이타웅과
햄을 잘라내고, 조카들이 접시를 나른다. 나는 루이지냐만 챙
기면 된다. 그래서 한참 잘 먹고 와인을 홀짝이다가, 칭얼대는
아기에게 우유를 주고 둘이서 늘어지게 낮잠을 잤다. 어차피

1시 즈음에 시작된 점심이 저녁 8시는 넘어서 끝날 것이니 편하게 완급 조절하기로 했다.

아니나 다를까, 루이지냐와 낮잠을 자고 나오니 그새 햇살이 아주 쨍쨍해져 집 앞에 테이블을 내놓았다. 다들 아직도 한창 먹고 수다를 떨고 있다.

루이지냐는 생각보다 방긋방긋 잘 웃고, 보배도 처음에는 낯설어하더니 가족들과 곧잘 어울린다. 잠시 뒤에는 아무나 한 명씩 손을 잡아 이끌어 화단 앞 공터로 가서는 손뼉을 짝짝 치고 방방 뛴다. 그 모습이 너무 귀여워 다들 웃고 박수를 치며 호응해 주니 더 신이 났는지 몇 번씩 되풀이! 그렇게 별다른 이유 없이 웃고 떠들고 춤추며 시간을 보내다 보면 어느새 점심 겸 저녁이 되어버린 모임은 밤 10시 가까이 되어 끝난다.

8시부터 슬슬 일어나기 시작해 10시쯤 마지막 손님이 돌아갔다. 설거지는 이모님들이, 테이블 정리는 부모님이 해 주셨고, 누노네와 안나네가 청소를 해 주었다. 모두가 돌아가고 보니 치울 것이 별로 없었다.

아무래도 나는 언어가 통하지 않아 좀 답답하기는 하지만 알비토의 편안한 가족 모임은 정말 좋다. 모두 조금씩 나눠서 집안일을 하기에 누구 하나 일에 치이는 이가 없고, 각자 편한 대로 음식과 술, 대화와 낮잠까지 즐길 여유가 있다. 그러니 만나면 반갑고 헤어질 때는 아쉽고, 다음 번 모임이 기다려진다.

이스피리투
산투 광장
Largo do Espírito Santo

세바스티아웅 다 가마

Sebastião da Gama, 1924~1952

...

우리 집에서 보는 알란테주는 푸르르구나.
눈 앞엔 밭과 올리브원, 텃밭이
갈증나는 우리 눈을 채워주네.

Da nossa casa o Alentejo é verde.
É atirar os olhos: São searas,
são olivais, são hortas... E pensaras
que haviam nossos olhos de ter sede!

식탁엔 빵이,
마실 수 있는 컵이,
접시엔 꽃이며, 갈색 물고기,
둥지에서 노래하는 한 쌍의 새들이며
그림이 가득하다네.

E o pão da nossa mesa!... E o pucarinho
que nos dá de beber!... E os mil desenhos
da nossa loiça: flores, peixes castanhos,
dois pássaros cantando sobre um ninho...

우리의 침실은 어떤지?
지금 나에게 당신의 몸을 내주오,
두려움도 씁쓸함도 없이.
벽의 성모상도 우리의 영혼과 몸에
미소를 보내네.

E o nosso quarto? Agora podes dar-me
teu corpo sem receio ou amargura.
Olha como a Senhora da moldura
sorri à nossa alma e à nossa carne.

모든 면에서, 내 사랑이여,
우리의 집은 진정 우리의 터전이라오.
꽃들까지, 벽난로에서 타오르는 장작까지 모두.

Em tudo, ó Companheira,
a nossa casa é bem a nossa casa.
Até nas flores. Até no azinho em brasa
que geme na lareira.

신께서 원하셨듯이, 우리는 꿈을 지었다네.
나는 창을 내고, 당신은 커튼을 수놓았지.
그리고 꽃 가지를 꺾었고,
우리는 순결해졌다네.

Deus quis. E nós ao sonho erguemos muros,
rasguei janelas eu e tu bordaste
as cortinas. Depois, ó flor na haste,
foi colher-te e ficarmos ambos puros.

순결하여라, 사랑이여, 기다리오,
조용히, 우리의 집 역시 그러하리.
(피와 육체를 지닌 천사의 날개가 문을 두드리다.)

Puros, Amor - e à espera.
E serenos. Também a nossa casa.
(Há-de bater-lhe à porta com a asa
um anjo de sangue e carne verdadeira.)

3장.

함께 둘러앉아
더 즐거운 식탁

어디서나 집밥은 소박하고
단순합니다

알비토살이를 말하는데 우리의 식탁 이야기를 빼놓을 수는 없다. 가장 중요한 일상 중의 하나라고 할까.

부모님이 차려 주시는 가정식도, 곳곳의 레스토랑에서 만날 수 있는 다양한 진미도 모두 다 맛있지만 알비토의 우리 집에서 즐기는 소박한 아침 식사만큼 소중한 것은 없다. 포르투갈을 떠나 있을 때 가장 그리운 것 중 하나도 바로 아침 식탁 풍경이다. 다들 잠이 살짝 덜 깬 채로 때로는 야외 테라스에서, 가끔은 부엌 테이블에 앉아 음식을 먹다 보면 서서히 몸과 마음이 깨어난다. 오늘은 무엇을 할지 이야기를 나누며 떠들썩하게 설레는 것도 좋다.

아침 메뉴는 소박한 편이다. 가장 메인이 되는 것은 하루 전이나 아침 일찍 사 온 신선한 빵. 알란테주의 빵은 부드럽기보다는 쫄깃하고 과하지 않게 거칠다. 밥으로 치면 현미밥에 가깝달까. 씹을수록 고소한 맛이 나 쉽게 질리지 않는다. 마을마다 빵집이 한두 개씩 있는데 식사용 빵은 보통 이른 새벽과 늦은 오후, 하루에 두 번씩 구워 판다.

그리고 버터. 우리 가족이 좋아하는 버터는 아소르스Açores산 버터다. 아소르스 제도는 포르투갈 본토에서 약 1,500킬로미터 정도 떨어진 곳에 위치한, 아홉 개의 섬으로 이루어진 자치 지역이다. 이곳은 청정 환경에서 자라는 소와 유제품으로 유명하다. 멀리 떨어진 깨끗한 외딴 섬의 이미지 때문인지 신선할 것이라고 생각하며 먹게 된다. 씹는 맛이 있는 빵에 고소하고 담백한 버터를 발라 먹으면 아침 식사의 절반은 완료. 소박하지만 든든하다. 슬슬 아침잠이 달아나기 시작한다. 빵과 버터가 기본이라면 이제부터는 좀 더 다양하게 먹는 즐거움을 준다.

우선 생치즈. 포르투갈어로는 케이쥬 프레스쿠Queijo fresco라고 하는 이 치즈는 두부 같이 하얗고 부드러운 덩어리다. 가까운 농장에서 직접 생산해 판매까지 한꺼번에 하는 경우가 대부분이다. 담백하고 고소하며 우유 맛이 많이 난다. 아이들은 그대로 먹고 어른들은 소금을 살짝 뿌려 먹는다. 이 생치즈로 만든 치즈 케이크도 파는데 무척 부드럽고 촉촉하며 적당히 달달하다.

아침 식사에 계란 프라이를 빼면 섭섭하지. 계란은 전날 오후나 그날 아침에 닭장에서 집어 온다. 2년 전에는 까만 암탉 열다섯 마리를 키웠는데, 작년부터는 닭장을 쾌적하고 넓게 고쳐 기르는 숫자도 조금 더 늘렸다. 닭들이 *꼬꼬꼬* 거리며 돌아다니는 것이 내 눈에는 활기 넘쳐 보여 좋은데 알베르토는 저렇게 돌아다니다가 텃밭의 작물을 망치고 정원을 파헤친다고 투덜거린다. 시골살이를 책으로만 배운 나와 생활을 통해 직접 경험해 온 신랑의 관점이 이렇게나 다르구나. 하지만 방목을 하든 닭장 안에서 키우든, 하루 전 혹은 30분 전에 낳은 신선한 달걀을 바로 먹을 수 있다는 건 감사할 만한 사치다. 닭장 안 짚단을 뒤져 달걀을 발견하는 일은 아무리 반복해도 새롭다. 매번 '어머, 또 하나 찾았네!' 하고 감탄하게 된다. 따뜻한 온기가 남아 있는 달걀을 조심스럽게 바구니에 담아 와 겉에 묻은 흙을 닦아 내고 마른 수건 위에 올려 놓으면 그 반질반질한 모습이 얼마나 예쁜지. 한 알 한 알 다 예뻐

하며 감사한 마음으로 먹게 된다.

여기서 끝이 아니다. 계절 과일이 남아 있다. 알비토 집에서는 여름에는 멜론과 무화과, 가을쯤에는 포도와 사과, 겨울과 봄 사이에는 오렌지를 맛볼 수 있다. 아버님과 알베르토의 막내 동생이 나무들을 돌보는데, 설익은 열매들은 살짝 새콤하지만 제철에 따면 과육이 무척 달콤하다. 잘 익은 녀석들을 보기만 해도 입맛이 돈다.

막 따온 멜론은 반으로 뚝 잘라 씨를 빼내고 숟가락으로 과육을 파먹는다. 반으로 자르는 순간 향이 스르르 퍼지는데 그 냄새만 맡아도 행복해진다. 무화과는 모양과 크기가 좀 들쭉날쭉하지만 끈적끈적하고 달짝지근한 맛은 다 같다. 포도는 껍질까지 전부 먹는데 어찌나 맛있는지 새들도 호시탐탐 노린다.

내가 제일 좋아하는 것은 잘 익은 오렌지다. 알이 실하고 과즙이 톡톡 터진다. 집 앞 과수원에서 오렌지를 두세 개 따즙을 짜서 바로 들이키면 발끝부터 힘이 샘솟는다.

이렇게 아침을 먹고 나면 자연이 인간에게 베푸는 것들을 온전히 잘 누린 기분이 든다. 아소르스산 버터는 비행기나 배를 타고 좀 멀리서 왔겠지만 빵이며 치즈, 계란, 과일 등은 모두 인근 마을이나 집에서 구한 것들로 대부분 가공이나 유통 과정을 거치지 않았다.

직접 만지고 보고 느낀 것들이 바로 입으로 들어가니 자연스레 하루의 첫 식사를 내어준 이들에게 감사한 마음이 든다. 비단 우리 부모님이나 가족들뿐만 아니라 동네 빵집 아주머니, 마당의 닭들, 다양하고 풍성한 과일을 내주는 나무들에게마저도 고맙다는 생각이 든다. 한편으로는 겸허해지면서, 이렇게 좋은 음식들을 든든히 먹었으니 오늘 하루도 잘 시작해보자는 기운도 생긴다. 이래서 사람은 잘 먹어야 한다.

생각해 보면, 내가 한국을 떠나 있을 때에 제일 생각나는 음식도 친정 엄마가 차려 준 아침밥이다. 음식 종류는 다르지만 소박해서 질리지 않고, 건강식이라는 점은 같다. 친정집 아침 밥상은 전형적인 한식인데 잡곡밥과 김 구이, 나물 한 종류, 김치, 그리고 계란찜과 두부조림, 어묵 볶음 등이 번갈아 올라온다. 알베르토가 가장 좋아하는 한식 차림이기도 하다. 구운 김에 밥을 올리고 김치를 한 조각 얹어 싸 먹는 것이 제일 맛있단다.

마음에 남고 몸이 기억하는 식사는 다 이런 것이지 않을까? 신선하고 건강한, 단순하면서도 소박한 그런 한 끼 말이다.

산뜻하고 가벼운
가스파초

이제는 다양한 식재료를 시간과 장소에 구애받지 않고 쉽게 구할 수 있지만, 그래도 제철 제 장소에서 나는 자연의 맛을 따라오지는 못한다. 제철 음식이 풍기는 그 계절감은 음식을 즐기는 데에 아주 중요한 몫을 차지한다.

한국에서 날씨가 더워지기 시작할 때 카페나 음식점마다 '팥빙수 개시', '냉면 팝니다'라고 붙여 놓은 걸 보면 '아, 여름이구나. 오늘은 빙수 먹어야겠다.'라고 생각하게 되고, 반대로 추워지면 군밤 파는 트럭이나 거리의 붕어빵 가판대가 반가워진다. 종류는 달라도 계절과 음식을 함께 느끼는 것은 어디서나 비슷하리라. 알비토에서 느끼는 음식의 맛 역시 계절과 함께한다.

여름의 식탁은 좀 산뜻하다. 맛 그 자체로 산뜻한 음식도 있고, 민트밥, 시금치밥, 고추볶음처럼 좀 부담스러운 듯해도 들어가는 재료가 산뜻한 음식들도 있다. 사실 이들은 여름철 별미라기보다 한겨울만 빼고는 언제든 텃밭에서 재료를 뜯어와 쉽게 만드는 요리들이다.

죽처럼 끓여내는 민트밥은 버터를 넣어 만든다. 위에 올라가는 민트는 톡 쏘는 일반적인 맛인데 의외로 버터에 볶은 밥과 잘 어울린다. 시금치밥은 아침에 텃밭에서 바로 딴 시금치를 잘 다듬어 미리 끓기 시작한 밥에 넣고 올리브유를 듬뿍 뿌려 만든다. 조금 더 끓이면 고소한 리소토 식감의 시금치밥이 완성된다. 밥에 넣고 남은 시금치도 다 쓸 곳이 있다. 잘 뒀다가 나중에 오믈렛을 만들 때 넣으면 된다.

텃밭에서 자라는 포르투갈 고추는 한국 풋고추보다 더 짧고 말랑말랑하고 두툼하다. 매운 맛은 거의 없다. 이 고추를 올리브유 듬뿍 두른 팬에 넣고 튀기듯이 볶는다. 여기서 말하는 '듬뿍'을 한국인의 일반적인 기준으로 받아들이면 안 된다. 하루 종일 튀김을 만들어 팔 수 있을 만큼을 의미한다. 처음에는 이렇게 올리브유를 들이부어 요리하는 모습에 충격을 받았지만 그래서 그런지 참 고소하긴 하다.

파바쉬Favas는 찾아보니 한국어로는 누에콩 또는 잠두라고 한다. 넓적하고 알갱이가 제법 큰 콩으로, 아버님이 직접 길러서 주신다. 늦봄과 초여름에 수확하는데, 겨울 무렵까지 보관해 먹을 수 있다. 돼지 비계와 말린 돼지고기 소시지 쵸리수Chouriço를 조금 넣고 그 기름으로 적당히 볶아 내면 감칠맛과 담백함이 조화를 이룬다. 씹히는 질감이 독특하다.

앞서 말한 것들보다 좀 더 여름 느낌이 나는 제철 음식들도 있다. 일단은 가스파초Gaspacho. 차갑게 먹는 수프로 한국에는 스페인식 레시피가 널리 알려져 있다. 알란테주 스타일 가스파초는 모든 재료를 갈아 넣는 스페인식과는 달리 토마토, 피망, 오이, 빵을 주재료로 잘게 썰고 다져 만든다. 다진 재료들을 커다란 볼에 넣고 올리브 오일과 마늘, 식초, 차가운 물 그리고 기호에 따라 얼음까지 첨가해 먹으면 된다. 통째로 말린 오레가노를 잘게 부수어 넣기도 하는데 향이 꽤 강하지만 다른 식재료들과 생각보다 잘 어울린다.

무더운 여름, 냉면이 떠오르는 날씨에 냉면 재료는 없을 때

새콤하고 짭조름한 냉수프를 먹으면 나름 비슷한 느낌이다. 집 뒤편 야외 테라스에 테이블을 놓고 시원한 화이트 와인과 가스파초, 햄, 치즈까지 푸짐한 점심을 먹고 나면 잠이 솔솔 온다. 그럴 때는 테라스 옆 잔디밭에 깔개를 펴고 단잠을 청한다.

여름 별미,
정어리와 달팽이

여름의 맛을 알려주는 또 다른 별미는 사르디냐Sardinha, 정어
리다. 보통 근해에서 많이 잡히는데 5월부터 8월까지가 제철
이다. 정어리는 전국적으로 많이 먹는 포르투갈 국민 생선이
다. 기념품 중에서도 정어리를 모티브로 만든 것들이 꽤 많을
정도.

"기억하기 쉬워. 철자에 R이 들어가지 않는 달에는 정어리
가 좋다는 말이 있거든."
"아하, 재미있네. 그러고 보니 5월부터 8월까지는 달 이름
에 R이 안 들어가는구나."

"응, 이때 정어리가 제철이야. 살이 통통히 오르고 알이 없지."

물론 아무 때나 먹을 수 있는 냉동 정어리도 팔고 다른 달에도 정어리가 잡히긴 한다. 하지만 어디나 사람들 사는 모습은 비슷하다고, 이곳 사람들도 당연히 신선한 제철 정어리를 가장 좋아한다.

알비토 집에서도 종종 가족들이 함께 모여 정어리를 구워 먹곤 한다. 토요 시장에서 정어리를 잔뜩 사 와서, 소금 간만 해 테라스 옆 그릴에서 굽는 것이다. 어떻게 먹든 일단 이것저것 양념하지 않고 그대로 굽는 게 제일 맛있다. 정어리를 굽는 김에 소시지도 같이 얹으면 고양이들은 한 조각이라도 얻어먹고 싶은지 옆에서 떠날 줄을 모른다.

소금 간을 해 갓 구운 정어리에 화이트 와인을 마시면 술술 잘 넘어간다. 나는 토마토와 양파 샐러드를 곁들여, 알베르토는 빵에 올려 샌드위치로, 아버님은 감자와 함께 먹는 걸 좋아한다. 뭐가 됐든, 어울리는 술과 곁들여 야외에서 가족들과 둘러앉아 먹으면 그만이다.

또 다른 여름 별미는 바로 달팽이다. 달팽이는 원래 포르투갈 남부 알란테주와 알가르브Algarve 지역에서 여름철에 많이 먹는데 요즘은 리스본에서도 흔히 볼 수 있다. 6월이 되면 슬슬 식당마다 '달팽이 있습니다'라고 적힌 종이를 입구에 붙여 놓는다. 대충 인쇄한 달팽이 이미지가 살짝 촌스러운 듯해도 여름이 다가온다는 선명한 계절감을 준다. 언젠가 친구 루이가 들려줬던 이야기가 있다.

"나에게 이상적인 휴가는 알가르브의 우리 집에서 편한 차림으로 앉아, 차가운 맥주에 짭조름한 달팽이를 까 먹는 거야. 그러면서 텔레비전을 보며 여유롭게 늘어져 있는 거지."

소재와 디테일은 조금씩 다르지만 어떤 느낌인지 확 와닿는 말이었다. 포르투갈 남부 알란테주와 알가르브에서 달팽이는 #휴가 #야식 #친구들과맥주 #야외에서한잔 등의 해시태그와 잘 어울리는, 왠지 정겨운 여름철 별미다.

집집마다 조리 방법에 조금씩 차이는 있지만 보통 달팽이에 올리브유, 마늘, 고수나 허브, 와인을 함께 넣고 끓이거나 쩌서 먹는다. 달팽이 껍데기를 잡고 이쑤시개로 안쪽을 콕 집어서 동그랗게 말아 쏙 빼내 먹으면 된다. 처음에는 달팽이를 먹는다는 게 생소했는데 막상 시도해 보니 식감이 골뱅이와 비슷해서 익숙하게 느껴졌다. 짭조름하고 쫄깃하다. 시원한 화이트 와인과 생치즈, 버터, 토스트 등을 곁들이면 환상의 궁합이다.

늦게까지 해가 지지 않는 여름철에는 주로 야외에서 저녁을 먹는다. 아이들은 주스를 쪽쪽 빨며 동물 식구들과 함께 이리저리 뛰어놀고, 나와 알베르토는 와인에 달팽이를 쪽쪽 먹는다. 해가 서서히 지면서 바람도 살랑살랑 불고 어디선가 꽃향기가 솔솔 퍼지면 여름 저녁이 만족스럽고 행복해진다.

무언가 먹거리가 다양한 여름에 비해 겨울의 식탁은 좀 단조
롭다. 추운 겨울 하면 따뜻한 국물과 수프가 그려지는데 알란
테주에서도 오래전부터 빵죽과 빵수프를 많이 먹곤 했단다.
사실 주재료인 빵과 올리브, 마늘, 허브 등은 딱히 계절을 타
지 않지만 속이 든든해지는 국물 음식이라 아무래도 겨울과
잘 어울린다.

　알비토가 속해 있는 알란테주에서는 농업과 목축업이 발달
했다. 그러나 땅이 척박하고 물이 귀해 재배 품종이 다양하지
도 생산량이 많지도 않았단다. 알비토 토박이인 알베르토와
가족들, 주변 친구들을 포함해 내가 만난 포르투갈 사람들 대

부분이 알란테주는 예로부터 포르투갈에서 가장 가난했던 지역이라고 말한다.

그래서 그런지 이 동네 토속 음식들도 무척 단순하다. 예를 들어 산업과 상업이 비교적 일찌감치 발달해 좀 더 부유했던 북쪽 도시 포르투Porto에서는 상대적으로 고기를 많이 소비했다. 남쪽과 대서양 해안 지역에는 해산물이 풍부해 생선 요리가 발달했다. 둘 중 어느 쪽에도 속하지 않은, 척박했던 알란테주에서는 자연스레 주변에서 구하기 쉬운 빵과 올리브, 허브로 다양한 먹거리를 만들어 냈다.

빵은 가난한 사람들도 비교적 쉽고 저렴하게 구할 수 있는 식재료로, 이곳에서는 정말 알뜰살뜰하게 활용한다. 올리브와 허브는 햇빛만 잘 받으면 신경 써 돌보지 않아도 잘 자라주는 고마운 존재다. 며칠 지나 딱딱하게 굳어 버린 빵에 물, 올리브 오일, 허브, 마늘까지 더하면 여럿이 함께 배부르게 먹을 수 있는 든든한 수프가 되는데, 이 음식이 바로 아소르다 드 알류Açorda de Alho다. 쉽게 설명하면 마늘 빵수프. 마늘 외에 다른 식재료를 넣고 요리하기도 한다. 이곳에서는 이런 빵수프를 통틀어 아소르다Açorda라고 부른다.

식사용 빵 한 덩어리는 보통 내 주먹의 서너 배 크기인데 우리 가족들은 한 끼에 반이나 그보다 조금 더 먹는다. 남은 빵은 다음 끼니에도 먹지만 하루 이상 지나면 굳어지기 시작해 먹기 힘들다. 바로 이럴 때, 아소르다를 만들면 된다. 먹고 남은 자투리 빵들을 모아 적당한 크기로 잘라서 커다란 그릇의 맨 아래에 깔고 뜨거운 물을 붓는다. 포르투갈 집집마다 항상 있는 국민 식재료인 말린 대구, 바까야우Bacalhau를 한 토막 넣어 끓인 물이면 더 좋지만 그냥 생수도 충분하다. 여기에 소금, 으깬 마늘, 들이나 텃밭에서 쉽게 뜯어 올 수 있는 허브, 쇠비름, 오레가노, 고수 등을 입맛에 맞게 넣고 섞는다. 계란이 있다면 수란으로 만들어 한두 개 올린다. 취향에 따라 치즈를 올리거나 염장 햄과 소시지를 곁들이면 단순하고도 맛있는 한 끼가 완성된다.

처음에는 이걸 대체 무슨 맛으로 먹는 걸까 싶었는데 먹으면 먹을수록 매력이 있다. 심지어 가끔씩은 그 맛이 당긴다. 느끼하지 않아 속도 편하고, 빵과 올리브, 허브가 어우러져 그 향과 맛도 훌륭하고, 굳은 빵들이 뜨거운 물에 살짝 풀어지기 시작하는 그 식감도 아주 만족스럽다. 알란테주에 대한 애정과 자부심이 넘쳐나는 알베르토는 물론이고 다른 지역 친구들도 단순한 이 음식을 참 좋아한다. 특별할 것도 없고 심심

한 듯하지만 몸과 마음을 따뜻하게 데워 준다.

게다가 무척 든든하다. 남은 자투리 빵을 큰 빵 한 덩어리 분량으로 몽땅 모아 끓이면 네다섯 명은 배부르게 실컷 먹을 수 있다. 이 요리를 리스본이나 다른 지역에서는 '알란테주 수프'라고 많이들 부른다. 그만큼이나 알란테주에서 많이 먹는 음식이라는 얘기다.

빵수프뿐 아니라 빵죽도 있다. 미가쉬Migas라고 부르는 이 요리는 만든 지 2~3일 정도 지난 딱딱한 빵을 커다란 그릇에 깔고 끓인 물이나 육수를 넣는 것까지는 아소르다와 비슷하다. 그러나 수프처럼 많이 붓지 않고 자작할 정도로만 넣는다. 계란과 소시지, 허브, 채소 등을 넣고 죽이나 풀처럼 약간 되직하게 만들어 먹는다. 미가쉬에도 당연히 올리브 오일을 듬뿍 넣는데 그래서인지 적당히 부드럽고 향이 은은하니 좋다.

내가 가장 좋아하는 것은 토마토를 넣고 만드는 미가쉬 드 토마트Migas de tomate다. 새콤하고 고소한 맛이 씹을수록 일품이고, 먹고 나면 속이 참 든든하고 편하다. 만들기도 쉽고, 재료도 간단하고, 남은 빵도 깔끔하게 처리할 수 있으니 일석삼조!

포르투갈에서 식당에 많이 가 보지는 않았지만 이런 빵수프와 빵죽을 음식점에서 먹어 본 적은 없다. 그래도 요즘 들어 리스본 같은 대도시를 중심으로 지역 별미를 파는 곳이 늘어나고 있다. 몇몇 식당은 미가쉬나 아소르다를 팔기도 하지만, 알베르토가 말하길 당연히 집에서 먹는 그 맛과는 다르다고.

식당에서 팔기에는 너무 소박하고 볼품없는 음식이라 그런지, 아니면 정식 메뉴로 만들어 팔기에는 굳은 빵을 항상 준비해 두기가 어려워 그런지, 둘 다인지는 잘 모르겠다. 하긴 식당에서 주문해 먹으면 집에서 푸짐하게 만들어 먹는 그 맛은 안 날 것 같다. 아소르다와 미가쉬는 역시 남은 빵과 그날그날 손에 잡히는 대로 뜯은 허브, 향 좋은 올리브유를 뿌려 한가득 차려 놓고 가족들과 모여 다 같이 나눠 먹어야 제 맛이다.

'Boa é a vida, mas melhor é o vinho.'

인생은 좋은 것, 그러나 더 좋은 것은 와인.

포르투갈의 국민 시인이라 불리는 페르난두 페소아 Fernando Pes-
soa, 1888~1935가 한 말이다. 포르투갈 역시 이웃 스페인과 프랑
스 못지않게 와인을 많이 생산하고 소비하며 온 국민이 늘 곁
에 두고 즐기는 나라다. 그중에서도 알란테주는 꽤 큰 비중을
차지한다. 생산량이나 생산액을 따져 보았을 때 포르투갈 전
체의 40퍼센트 가까이 된다고.

알란테주 지역에서는 로마인들이 이베리아 반도에 오기 전

부터 이미 포도를 재배해 와인을 생산하고 있었다고 한다. 아직까지도 집집마다 와인을 담그기도 하고 포도 농장주와 양조장 주인이 함께 협동조합을 꾸려 와인을 담그고 판매하는 일도 많다. 여기에선 특색 있고 다양한 와인을 어디서든 손쉽게 만나 볼 수 있다. 우리는 가끔 기회가 되면 근처 와이너리로 구경을 하러 간다.

활발히 활동하는 현역은 아니지만 아버님은 아직도 와인 협동조합원으로 활동하고 있다. 알베르토도 예전에는 포도를 납품했다. 비디게이라 쿠바 알비토 와인 협동조합Adega Cooperativa de Vidigueira, Cuba e Alvito은 인접한 세 마을의 주민들이 함께 모여 1960년에 설립했다. 세 개 마을의 인구를 모두 더해도 만 명이 조금 넘는 시골이기에 겨우 삼백 명 정도의 조합원이 활동하고 있을 뿐이다. 그러나 숫자가 중요한 건 아니다.

협동조합이니 당연히 특정인의 이익을 목표로 하지 않고 조합원들의 수평적인 의사 결정과 지속 가능한 활동에 우선적인 가치를 둔다. 조합원 간의 친목 도모 활동도 활발해 이 지역 전통 음악 합창단도 만들어 활동하고 있다. 이들이 부르는 '깐트 알란테자누Cante Alentejano'는 유네스코 무형 문화유산으로 등재된 알란테주 지역의 무반주 전통 합창이다. 과거에 농사를 지을 때나 축하할 일이 있을 때 부르던 노래에서 시작되었다고 한다. 와인도 만들고 노래도 부르고, 그야말로 노래와 와인을 함께 풍성하게 즐기는 삶이라고 할 만하다.

조합 와인을 살펴보다 낯익은 이름이 눈에 띄었다. 바스쿠 다 가마Vasco da Gama, 1469~1524. 누구나 세계사 시간에 이름을 들어 보았을 법한 그는 흔히 대항해 시대라고 일컬어지는 15세기에 포르투갈에서 인도까지 오갔던 항해가다.

역사 속 탐험가는 이곳 와이너리 안에서 와인 시리즈로 재탄생했다. 그 시리즈에는 '항해의 전조' '출발' '그리움' '영감' 등 꽤 시적인 이름이 붙어 있다. 스토리텔링에 성공한 케이스랄까. "오늘 저녁엔 비디게이라 와인 중에서 그리움 편을 마셔 볼까?" 하며 와인을 마시면 왠지 좀 더 시적으로 다가온다. 수백 년 전 뱃사람들도 떠나기 전날 밤, 언제 다시 볼 수 있을지 모르는 사랑하는 사람과 와인을 나누었을까? 멀리 떠나 있을 때는 고향에서 가져온 와인을 마시며 그리움을 달랬을지도.

와인이 좋고 매력적인 것은 그것이 단지 와인이기 때문이 아니라 이곳에서 나는 신토불이 술이기에 그런 것 아닐까. 한국에 있을 때 친한 친구가 막걸리 전문점을 운영해 여러 양조장에서 생산한 막걸리와 증류주를 맛보곤 했었다. 그 친구가 풀어놓는 오묘하고 다양한 발효주 이야기도 재미나게 들었는데 이곳 알란테주의 와인도 마찬가지다.

막걸리든 와인이든 술 역시 음식과 마찬가지로 그 땅에서 나고 자란 제철 재료로 천천히 정성껏 담금질해야 제 맛이 난다. 와인은 음식과, 그 식탁과, 그 식탁에 둘러앉은 사람들의 영혼을 더 생기 있게 해 준다.

올리브,
옛날 방식대로

10월 중순이 되면 알비토 일대는 올리브 수확으로 분주해진다. 우리 집 과수원과 목초지에도 올리브나무들이 제법 있다. 옆집, 앞집, 그리고 주변 이웃집에는 우리 집보다 더 많은 올리브나무들이 수확을 기다리고 있다.

우리가 수확한 올리브 중에 알이 굵은 것들은 부모님이 직접 절임으로 만든다. 커피 그라인더 같은 기계에 열매를 넣고 핸들을 돌리면 표면에 미세하게 홈이 생기는데, 그 상태로 물에 푹 담가 둔다.

중간중간 맛을 봐 가며 물을 갈아주면 올리브의 떫고 쓴 맛이 빠진다. 그러고 나면 집집마다 취향에 따라 양념을 하는데,

우리 부모님 댁에서는 월계수 잎과 오레가노, 소금을 주로 넣는다. 다른 집들은 올리브 오일과 마늘을 넣어 절이기도 하고, 매운 향신료나 제각기 다양한 허브를 넣기도 한다. 그러니 올리브 품종별로, 익은 정도에 따라, 그리고 첨가한 양념에 따라 맛은 천차만별이다. 이런 올리브 절임은 보통 음식과 곁들여 가볍게 집어 먹을 수 있게 종지에 담아 내놓는다. 부모님이 만든 올리브 절임은 아주 간단하고 기본적인 과정만 거치기에 본연에 충실한 맛이다.

이 지역에는 워낙 올리브나무가 많아 따로 일손을 구하지 않으면 수확하기가 어렵다. 알베르토 말로는 1970~80년대에는 주로 집시들이 와서 일했다고 한다. 이곳저곳으로 옮겨 다니며 올리브나 토마토, 오렌지 수확과 같은 계절 일감이 있을 때만 잠시 일하고 떠났다고. 지금은 집시 대신 우크라이나 등 동유럽에서 온 노동자들과 동네 토박이들 중 계절 일감을 도맡아 하는 일꾼들이 주로 담당한다. 이런 사람들이 많아도 수확철에는 손이 모자라서 미리 일정을 잡지 않으면 고용하기 힘들다. 우리 집도 아버님이 한 무리의 일꾼들을 가까스로 섭외했다.

이들이 오면 보통 해 뜰 무렵에 시작해 오후까지 작업을 하는데, 우리 집은 올리브나무가 그리 많지 않아 3일 정도면 다 끝난다. 나무와 나무 사이에 커다란 그물을 걸어 놓고 긴 막대기로 올리브가 열려 있는 잔가지들을 사정없이 털어 낸다. 내 눈에는 그냥 마구잡이로 터는 것처럼 보이는데 알베르토의 말에 따르면 나름의 요령이 있어야 한단다.

그물에 올리브 알들과 잎사귀, 잔가지들이 함께 떨어지면 나뭇가지와 잎 무더기들은 전부 걷어 내고 올리브 알과 작은 잎사귀들만 남긴다. 손이 많이 가고 꽤나 힘든 일이다. 그래서 그런지 다 같이 노래를 부르며 일한다. 한 명이 선창을 하면 나머지 사람들이 후렴조로 합창을 하는데, 가사를 알아듣지 못해도 노동요라는 게 느껴진다. 역시 어느 곳이든 사람 사는 모습은 비슷하다.

손수 골라낸 올리브는 커다란 트럭에 실어 근처 공장으로 보낸다. 보통 오일 짜는 올리브들은 알이 작다. 품종별로 다른데 오래 자란 나무에서 난 열매일수록 가격을 더 쳐준다. 연식 있는 올리브일수록 향이 진하고 맛도 더 풍부하기 때문이다.

포르투갈은 아직도 옛 방식 그대로 농사를 짓는 경우가 많다. 최근 알란테주 남부에 스페인 식품 회사가 땅을 사서 처

음부터 대규모 플랜테이션 방식으로 올리브를 수확하고 기름을 짜내는 농장 단지를 조성했다. 여기에 가 보면 아직 덜 자란 작은 올리브나무들이 빼곡하게 열을 지어 늘어서 있다. 이렇게 심고 관리하면 병충해 방제 작업을 편리하게 할 수 있을 것이다. 작은 올리브나무 위로 천천히 지나다니며 열매들을 빨아들이는 기계가 있어 사람이 직접 가지를 털어 줄 필요도 없다.

당연히 면적당 생산량과 작업 효율성이 올라가 규모의 경제가 실현될 것이다. 아마 맛도 비슷비슷하게 맞춰질 것이고. 기계로 작업하기 위해 올리브나무의 크기도 비슷비슷하게 정리할 것이다. 그러나 알베르토는 이런 대규모 생산 방식을 싫어한다. 그 필요성이나 효율성은 인정하지만 개인적으로 그렇게 수확해 짜낸 올리브유는 진짜 같지 않다고 느껴진단다.

"올리브는 와인과 같은 거야. 맛과 향이 조금씩 다 다른 게 정상이라고. 그런데 대량 생산하는 올리브유의 경우에는 블렌딩을 해서 맛을 똑같이 맞춘단 말이야. 그건 자연스럽지 않아. 대량으로 생산하고 판매하려면 그렇게 해야만 하겠지만."

"아, 김치 같은 건가? 김치도 각 식품 회사들이 공장에서 만들어 팔거든. 그리고 그런 김치들은 대부분 맛이 아주 나쁘지도, 그렇다고 아주 좋지도 않아. 회사별로 조금씩 차이는 있겠지만 더도 덜도 아니고 김치라고 하면 기대할 법한 딱 그 정도 맛이야."

백문이 불여일견, 아니, 불여일미라고 해야 하나. 나도 진짜배기 올리브유를 맛본 적이 있다. 지난 여름에 알베르토의 사촌 안토니오가 방문했을 때였다. 올리브유 한 병을 가져와서 맛을 봤는데, 입 안 가득 올리브향이 향긋하게 퍼지며 감탄이 절로 나왔다.

"고향에 계신 아버지의 지인이 생산하는 올리브유야. 정말 좋아."
"어떻게 먹으면 돼?"
"그냥 식사용 빵 찍어서 먹어봐."
"음, 향이 정말 좋다! 이거 빵 계속 들어가겠는데?"
"그치, 파는 거랑은 다르지?"

포르투갈은 상상 그 이상으로 올리브 오일과 절임을 즐겨 먹는 나라다. 앞서 말했지만 요리하는 데 기본으로 들이붓는 올리브유의 양이 어마어마하다. 한국에서는 3~4개월은 쓸 양을 포르투갈에선 2주 안에 다 쓴다. 그렇게 올리브를 사랑하는 포르투갈에는 공장표 상품도 많지만 가정이나 협동조합 단위로, 소규모로 짜서 파는 제품도 꽤 있다. 요즘은 일반 슈퍼마켓이나 유기농 상점에서도 개성 넘치는 올리브유를 구매할 수 있다.

시골에서 나고 자란 알베르토는 항상 코웃음을 친다.

"유기농이니 뭐니 하면서 비싸게 팔고 그러지만 그게 다 별것 아니라니까. 시골에서는 옛날부터 그렇게 만들어 먹었어! 내가 어렸을 때는 이웃집에 가서 기름을 사 오곤 했지. 40여 년 전 알비토 시골에서는 다들 그렇게 사고팔았다고. 이 집과 저 집이 다르고 같은 집도 매년 조금씩 맛과 향이 달라져서 맛보는 재미도 쏠쏠했어. 그리고 기름을 사러 갈 때 당연히 통은 집에서 챙겨 갔거든. 조금 번거롭고 불편해도 요즘처럼 쓰레기니 뭐니 하는 문제는 없었어."

나도 어느 정도는 그의 말에 동의한다. 아무래도 나처럼 시골을 책으로만 배운 사람은 다양하고 개성 넘치는 맛들에 대한 경험이 부족하다. 그러니 더 감탄하지 않을 수 없다.

　이런 대화를 나누다 보면 좀 더 많이, 좀 더 빨리 얻으려고 취한 선택지들은 다분히 근시안적이라는 생각을 한다. 처음에는 의도대로 흘러가는 것 같아도 결국에는 고유한 특성이 옅어지고, 그러다 보면 공허해지고 싫증난 사람들이 비싼 품을 들여 다시 예전의 것들을 찾아 나서기 때문이다.

4장.

잠시 잠깐의
소중한 것들

제카와 키카

부지런한 아버님은 아침 일찍 양들에게 먹이를 주러 우리 집에 들르곤 하는데, 그때마다 과일이나 동네 제과점에서 사 온 달달한 간식들로 가득 채운 상자를 창틀 위나 포도나무 넝쿨 사이에 살포시 올려 두고 가신다. 아침 식사 후 이 간식에 커피를 한잔 마시며 창가 탁자 앞에 앉아 글을 쓰는 건 소소하고도 감사한 즐거움이다.

그러다 보면 밖에서 엄마를 불러대는 아이들 목소리와 멍멍, 야옹야옹하는 동물들의 소리가 들린다. 더 시끄러워지기 전에 얼른 산책하러 나서야 한다. 아마도 알비토의 집과 가족, 그리고 함께 둘러앉는 식탁 이야기를 쓰고 있다는 것을 동물 식구들이 알게 되면 "아니, 우리 얘기는요?" 하며 항의할 것이다. 이야기가 나온 김에 알비토 집에서 빠질 수 없는 동물들 이야기를 해 볼까 한다.

제일 터줏대감은 제카. 15년 넘게 행복하게 살다가 작년에 무지개다리를 건넜다. 양치기 견종이지만 양을 모는 것에는 관심이 없고, 술래잡기 하는 것만 좋아해 본격적인 훈련을 받지는 못했다. 그래도 드넓은 목초지에서 뛰어놀고, 토끼나 새를 쫓던 모습이 누구보다 행복해 보였다. 나이가 들면서부터 잠자는 시간이 확연히 늘고 활기가 줄었지만, 70킬로그램은 족히 넘는 덩치를 하고서도 여전히 누군가 가까이 다가오면 펄쩍 뛰어들어 핥으며 애정을 과시하곤 했다.

키카라는 또 다른 양치기 개도 있었다. 제카와 같은 견종으로, 막 젖을 뗐을 때 루이스가 친구에게서 얻어 왔다. 강아지라고는 하지만 우리 집에 왔을 때부터 이미 덩치가 꽤 컸다. 태어난 지 얼마 안 돼 무척 발랄했는데, 침이 가득한 혀를 날름거리며 애정을 표현하곤 했다. 이리저리 뛰어다니다가 기분이 좋으면 배를 보이며 쓰다듬어 달라고 뒹굴거렸다.

안타깝게도 키카는 불의의 사고로 한 살이 조금 넘었을 때 무지개다리를 건넜다. 목초지를 벗어나 찻길로 나갔던 것이다. 제카는 한 번도 탈출한 적이 없었는데 키카는 도대체 어떻게 줄을 끊고 울타리를 넘어갔던 걸까. 한동안 가족들 모두 슬픔에 빠졌었다. 개들이 근처에서 돌아다니다 사고를 당하는 경우가 종종 있었지만 그런 일이 우리 키카에게도 일어날 줄이야.

제카와 키카는 둘 다 양치기 개의 삶을 살진 못했지만 목초지와 과수원을 열심히 뛰어다니면서 행복했을 것이다. 매일같이 우리 가족과 산책하고, 토끼나 닭을 장난삼아 쫓다가 놓치고, 아이들과 같이 낮잠을 자며 일생을 보냈다.

"이런, 엄청 많이 먹으면서! 밥값은 언제 할 거니, 양치기 개야!"

배를 긁어 주며 장난을 치곤 했는데, 지금 생각해 보니 가족과 함께 편안한 시간을 보냈던 것이 제카와 키카, 그리고 우리 가족 모두에게 복이었다.

개 말고 다른 동물 가족으로는 고양이들이 있다. 분명 고양이인데, 하는 짓만 보면 강아지와 다를 바가 없다. 우리가 집을 나서면 뒤를 졸졸 쫓아와 함께 산책을 하고, 부모님이 차를 몰아 우리 집에 도착하면 잠시 귀를 쫑긋 세워 경계하다가도 이내 후다닥 뛰어가 반갑게 맞이한다.

원래 네 마리가 있었는데 그중 한 마리인 줄리가 차로 5분 거리인 부모님 집으로 이사를 했다. 줄리는 얌전해 보이는 얼굴을 하고서 몸짓은 가장 느긋하고 게을렀다. 걸음도 느릿느릿, 항상 나른한 게 매사에 살짝 의욕이 없어 보인달까.

그러나 줄리는 그런 느긋한 행동 뒤에 정반대의 모습을 숨

기고 있었다. 이사 간 지 얼마 지나지 않아 어머님이 새장에 넣어 기르던 새 한 마리를 잡아먹은 것이다. 정원에 물을 주러 잠깐 등을 돌린 사이, 순식간에 벌어진 일이었단다. 당장 다른 새장들을 더 높은 곳으로 옮겨 달았지만 아직도 줄리는 가끔씩 새장들을 꼼짝 않고 쳐다보곤 한다. 그 표정을 보고 있으면 머릿속에 무슨 생각을 하고 있을지 빤히 들여다보인다. '저 새들을 어떻게 다시 잡아먹지?'

그렇게 한번 맛본 새가 맛있었는지, 요즘도 뜰로 날아 들어오는 새가 보이면 눈빛과 동작이 순식간에 바뀌어 사냥에 나서는데 그 실력이 꽤 좋다. 어찌나 재빠르게 새를 낚아채던지.

줄리 말고 다른 고양이들은 여전히 우리 집에서 함께 지낸다. 한 마리가 다른 둘의 엄마 고양이로 셋이 가족이다. 우리는 편의상 어미를 1번, 새끼 둘을 각각 2, 3번 고양이라 부른다.

고양이들과 함께 산책하다 보면 집 안에서와는 다른 모습들도 많이 볼 수 있다. 들판을 돌아다니며 야생 동물의 냄새를 맡고, 토끼와 새를 쫓기도 하며, 어디선가 쥐 사체나 뱀의 허물을 찾아 물고 오기도 한다. 특히 3번 고양이는 야생 토끼 쫓는 것을 무척 좋아한다. 우리와 앞서거니 뒤서거니 하며 걷다 갑자기 고개를 들어 코를 실룩거리고는 쏜살같이 내달리

는데, 그 날렵한 움직임 끝에는 껑충 뛰어 달아나는 토끼가 보인다. 하지만 토끼가 새보다 어려운 사냥감이라 그런지 아니면 아직은 실력이 부족한 건지, 우리 고양이들이 토끼 사냥에 성공한 적은 없다.

아주 넓은 목초지이긴 하지만 어쨌든 울타리 안에 가둬 놓고 키우던 개들과는 달리 고양이들은 자유롭게 과수원과 목초지, 텃밭을 오가며 지낸다. 창고에 아늑한 거처를 마련해 주었지만 잘 때나 머무른다. 고양이들은 매일 아침 문 앞에 와서 박박 긁고, 산책할 때에도 따라 나서고, 잔디밭에서 함께 낮잠도 자고, 밤에 별을 보러 나가면 슬그머니 다가와 몸을 비비기도 하며 우리 가족과 함께 지낸다. 그렇지만 가만 살펴보면 기본적으로는 자기가 하고 싶은 대로 움직인다. 언제 어디에서 무엇을 할지는 철저히 고양이들의 자유.

그래서 잘 지내던 고양이가 며칠 안 보인다 싶으면 무지개다리를 건넜나 보다 짐작만 할 뿐이다. 알베르토의 말에 따르면 고양이들은 자신만 아는 곳에 가서 조용히 눈을 감는단다. 그렇게 어디론가 홀연히 사라져 모습을 감추기 때문에 왠지 여행을 보내는 것 같은 마음이 든다.

작년에 어미 고양이가 그렇게 떠나갔다. 직접 죽음을 목격

한 건 아니고 홀연히 사라진 채 나타나지 않는 것으로 미루어 짐작할 뿐이다. 하지만 사라지기 전날, 평소와 다른 기색을 보였다.

"1번 고양이 말이야, 오늘따라 유달리 친근한데?"

"원래 사근사근하잖아. 항상 가족들한테 와서 친한 척도 많이 하고."

"그렇긴 한데 오늘은 특히 더 따라와서 비비네. 나이를 많이 먹긴 했나 봐. 여기 만져 봐. 원래도 이렇게 뼈가 만져졌었나? 보기엔 비슷한데 살이 확 빠졌네."

어느 날 그렇게 유난히 다정하게 굴더니, 다음 날부터는 모습을 보이지 않았다. 아마 자기가 정한 어느 곳에선가 조용히 떠났으리라 생각한다.

안나 클레타와
닭들의 분투기

개와 고양이 들은 우리와 친하지만, 자기들끼리 더 친한 동물들도 있다. 바로 안뜰 한편을 차지하고 있는 닭들과 돼지다. 막내 루이스의 친구 커플이 애완용으로 키우다가 너무 커져서 보냈다는 돼지는 '안나 클레타'라는, 왠지 고급스러운 이름을 갖고 있다. 이전 생활이 어땠는지는 잘 모르지만, 자연 속에서 마구 뛰어다니는 지금의 생활이 더욱 행복해 보인다. 안나 클레타와 닭들은 넓은 우리에서 함께 사는데, 신기하게 종이 다른데도 별 문제 없이 잘 지낸다.

　닭들은 한동안은 풀어 놓고 키우다가 텃밭을 너무 망쳐 놓는 바람에 다시 우리 안으로 몰아넣었다. 예전 생활을 못 잊었는지 가끔씩 탈출을 하기도 한다. 어느 날 아침에는 알베르토가 달걀을 꺼내려고 닭장 문을 조심스럽게 열었는데 암탉 한 마리가 그 틈을 노려 잽싸게 밖으로 나왔다. 그날 오전 내내 탈출한 닭을 잡으려고 땀을 쏟았지만 어찌나 빠르던지! 녀석은 굉장히 여유 있는 몸짓을 하며 설렁설렁 왔다갔다했는데 그 뒤를 쫓는 알베르토는 아슬아슬하게 꼬리를 잡을 듯 말 듯, 결국 닭장 앞까지 몰다가 마지막 순간에 계속해서 놓쳤다. 어찌나 요리조리 잘 피해 도망 다니던지 그 순발력에 놀랐다. 땀을 뻘뻘 흘리던 알베르토는 포기한 기색이다.

"저녁 때까지 그냥 돌아다니게 두고 먹이로 유인해 닭장에
들여보내야겠어."

그렇게 순발력도 체력도 좋은 닭들이지만 어느 해에는 도망 치지도 못하고 들짐승에게 몰살을 당했다. 아침에 일어나 보니 수탉 한 마리를 남겨 놓고 모조리 야생 짐승에게 목이 물어뜯겨 있었던 것이다. 부모님의 말에 따르면 들개나 정체를 알 수 없는 야생 짐승이 가끔씩 와 그런 일들이 있다고 한다.

닭장은 꽤 안전하고 견고한데 도대체 들짐승이 어떻게 들

어간 걸까? 그리고 수탉은 어떻게 혼자만 살아남았는지, 대체 어떤 녀석의 소행인지…. 새로운 닭들이 들어올 때까지 수탉은 외로이 홀로 닭장을 지켜야 했다. 어느 날 밤에는 닭장에서 푸드덕거리며 우는 소리가 들리기에 알베르토가 나가 봤더니 고슴도치 한 마리가 닭장 밖으로 쪼르르 빠져나가고 있었단다. 아마 닭 모이통의 낟알을 훔쳐 먹으러 왔을 것이다. 수탉에게 "먹이를 조금 훔쳐 먹을 뿐, 너를 해칠 수는 없단다."라고 얘기해 주고 들어왔다는데 그 말을 알아듣기라도 했는지, 포기했는지, 어쨌든 그렇게 조용해지긴 했다.

닭들과 돼지는 사료를 주식으로 하지만 음식 찌꺼기들도 무척 맛있게 먹는다. 오래되어 굳어진 빵을 물에 불려 쪼개 주거나 과일이나 야채의 껍질과 꼬투리 부분을 모아 놨다 던져 주면 순식간에 사라진다. 상당히 많은 양의 음식 찌꺼기가 깔끔하고 유용하게 처리되어 뿌듯해진다.

함께 자라는 동물과
아이들

동물들과 아이들이 같이 어울리는 모습은 그 자체로 좋다. 귀여운 것은 둘째 치고 어른과는 조금 다른 느낌으로 어울리고 소통하는 것을 보고 있자면 나름 경이롭다. 유튜브에 괜히 '아기와 동물들' 영상이 많은 것이 아니다.

동물들은 아이들이 어른들과는 다르다는 걸 본능적으로 아는 것 같다. 우리 아이들 둘 다 걸음마를 처음 시작할 무렵에는 흙바닥이나 잔디밭에 털썩 엎드려 기어다니다가, 앉았다가, 걸으려고 용쓰다 다시 넘어지곤 했는데 그때마다 고양이들은 적당한 거리에 앉아 그 모습을 지켜봤다. 마치 엄마 아빠와 우리들이 지켜보고 있으니 걱정하지 말고 조금만 더 해

보라며 응원이라도 하는 것처럼.

특히나 어미 고양이는 아이들의 걸음마 연습에 나름 일조했다. 손이 닿을락 말락 한 거리에 슬그머니 앉아 있다가, 아이가 잡으려고 뒤뚱뒤뚱 오면 아주 살짝 뒤로 물러났다가 다시 가까이 다가가길 반복하면서. 인내심과 밀당이 보통이 아니었던 어미 고양이에 비해 3번 고양이는 그런 요령이 없다. 나와 알베르토에게는 비비고 애교도 피우면서, 이제 막 걸음마를 시작한 아이들이 뒤뚱거리며 다가가면 허둥지둥 피하기 바쁘다. 곤혹스러워 보이는 그 몸짓을 보면 3번 고양이가 무슨 생각을 하는지 알 것 같다.

'그렇게 뒤뚱거리다 넘어져 울면 곤란해. 내 꼬리를 밟기라도 하면 어떡해? 너는 아직 너무 어려서 뭔가 서투른 것 같아. 우리는 적당히 거리를 유지하는 걸로 하자구.'

이런 생각을 하지 않을까? 요령이 넘쳤던 어미 고양이에 비하면 영 하수 같은 3번 고양이다.

어미 고양이는 꼬리를 이리저리 흔들며 아이들과 놀아주다가도 아이들이 힘을 주어 붙잡으려 하면 부드럽게, 하지만 단호하게 앞발로 턱 막아서며 의사 표시를 했다. 아이들과 동물들이 함께 있을 때에는 나와 알베르토가 꼭 지켜보고 있다가 이야기해 줬다.

"거 봐, 지금 엄마 고양이가 '싫어' 한 거야. 왜냐하면 너무
세게 당기면 아프니까. 그러니까 보배가 조심해야지."

같은 이야기를 9개월 강아지였던 키카에게도 해 주었다. 그
산만한 덩치를 주체하지 못하고 애교를 부리며 들이대다 보
니 걸음마를 막 뗀 시절의 보배는 키카의 기세에 넘겨져 울음
을 터뜨린 적이 꽤 있다. 그럴 때마다 키카는 멈칫하며 얼른
땅에 엎드려 사과의 몸짓을 보였지만 그렇다고 엄한 훈육을
피해 갈 수는 없었다.

"키카, 그렇게 너무 달려들면 안 돼! 보배가 넘어지잖니."

키카에게뿐 아니라 아이에게도 행동 요령을 알려주기 위한
훈육이다. 이제 세 살배기인 보배는 한 살 반쯤부터 이러한
감을 키웠다. 내가 의도하지 않아도 다른 존재를 아프게 할
수 있으니 조심해야 한다는 것을 동물들과 함께 놀며 배우기
시작한 셈. 살다 보면 힘이 센 쪽이 될 수도, 약한 쪽이 될 수

도 있다. 양쪽 모두의 입장이 되어 직접 경험한다. 이래서 동
식물과 더불어 자연 속에서 아이들을 키우는 것이 좋다고 하
는구나 새삼 깨닫는다.

드넓은 목초지를 차지하고 있는 알비토 집의 양들은 숫양 한 마리에 암양 여섯 마리가 한 가족이다. 신기하게도 매년 초봄에 새끼들이 한꺼번에 태어난다. 양들은 덩치도 꽤 큰 주제에 경계심이 많아 항상 무리를 지어 다니고 먹이를 챙겨주는 아버님을 제외하고는 사람에게 가까이 다가오지 않는다.

먹기는 또 얼마나 잘 먹는지. 목초지에서 하루 종일 코를 박고 무언가를 뜯어 먹는 것만으로는 부족한가 보다. 아침저녁으로 신선한 건초에 전용 사료까지 챙겨주는 아버님이 항상 일이 많다.

새끼 양들이 태어나면 더 바빠진다. 작년에는 어미 양 한 마리의 젖꼭지가 심하게 부었던 적이 있었다. 척 봐도 염증이 생긴 것처럼 너무 크게 부풀어 있었고, 많이 아프고 불편한지 아직 젖먹이인 새끼가 다가갈 때마다 이리저리 피했다. 보다 못한 알베르토와 아버님이 응급 처치를 하기로 했다.

일단 어미 양을 몰아 우리 안에 가두고 긴 갈고리 막대로 한쪽 발을 잡아 바닥에 눕혔다. 양들은 힘이 보통이 아니라 제압하는 것이 쉽지는 않지만 일단 눕히면 무척 얌전해진다. 그 모습을 보니 기다렸다는 듯이 몸을 맡기고 어떻게 좀 해 달라는 것 같았다. 우선 퉁퉁 불어 땅에 닿을 지경이 된 젖을 10여 분 간 짜내고, 항생제를 놓은 뒤 부드럽게 마사지를 해 줬다. 어미젖을 못 먹었던 새끼에게는 따로 우유를 먹였다. 그 러고 나니 어미양도 한층 편해 보였다.

첫째를 낳고 나서 유두염 때문에 젖이 붓고 온몸이 아파 거의 일주일을 내리 고생했던 적이 있는 나로서는 퉁퉁 불은 젖을 짜내는 것만으로도 얼마나 시원할지 어느 정도 상상이 됐다. 아무튼 이틀 동안 그런 과정을 반복해 주니 어미 양은 말끔히 나았다. 역시 모유 수유는 모든 엄마들에게 쉽지 않은가 보다.

이외에도 양들은 손이 많이 간다. 1년에 한 번씩은 털을 깎아 줘야 하는데 이 역시 옆에서 지켜보니 보통 일이 아니다. 매년 여름이 시작될 무렵, 1년 동안 자란 양털을 싹 밀어주기 위해 인근 마을에서 전문가를 섭외한다. 이 작업을 위해서는 힘과 기술, 경험이 두루두루 필요하다.

먼저, 우리에서 긴장한 채 기다리고 있는 양들을 한 마리씩 끌고 나온다. 다들 덩치도 힘도 보통이 아니다. 그리고 바둥거리는 양의 뒷다리를 잡아 만세 자세로 고정한다. 그러면 신기하게도 다소곳해진다. 체념이라도 하는 걸까. 이후에는 일사천리로 진행된다. 간혹 버둥거리는 양들도 있지만 수월하게 털을 깎아 낸다.

하지만 계속해서 양을 잡고 있어야 하고 꼼꼼하게 잘 깎아 줘야 해서 쉽지는 않다. 게다가 털을 깎으며 피부에 생채기나 감염 등의 흔적이 있나 살피고 그 자리에서 바로 필요한 약도 발라 줘야 한다. 한 마리에 그렇게 10~15분씩 걸린다. 털을 다 깎은 양은 다시 가뿐하게 풀밭으로 뛰어나간다.

이래저래 손이 많이 가긴 해도 새끼 양들이 태어나는 것은 항상 설레는 일이다. 제법 배가 불러 보여 새끼를 가졌나 싶은 암컷들이 종종 눈에 들어오는데, 잊고 지내다 보면 어느새 새끼 양이 태어나 제 어미 옆에 찰싹 붙어 있다. 매애매애 울며 어미 양을 따라다니는 모습이 무척 귀엽다. 보통은 아무일 없이 태어나는데, 알베르토가 젊었을 때 언젠가 한번은 어미가 출산 도중 죽어서 갓 태어난 새끼를 돌봐야 했던 적이 있단다.

"어떻게 돌봤는데?"
"아기들 신생아 때와 비슷해. 3~4시간마다 우유를 줘야 해. 새끼지만 덩치가 있어서 먹는 양도, 빠는 힘도 엄청났어. 자다가 일어나 꾸벅꾸벅 졸면서 우유를 줬지."
"그래도 그 새끼양은 당신을 엄마라고 생각하면서 잘 따랐겠다."
"내가 어디 갈 때마다 졸졸 따라다녔어. 무척 귀엽고 사랑스러웠지. 나도 예뻐하면서 잘 돌봐 줬고."

미소를 지으며 어릴 적의 추억을 풀어놓던 그는 이내 무언가 떠올랐다는 듯한 표정으로 말한다.

"슈파디냐Xupadinha라고 이름도 붙여 줬었어."

"어감이 귀엽네. 무슨 뜻이야?"

"작은 양고기 스튜라는 뜻이야. 엔수파두 드 보레구Ensopado de Borrego라고, 양고기와 감자를 넣어 만드는 스튜 요리가 있거든. 생각만 해도 군침이 도네. 거기서 따서 엔수파디냐Ensopadinha라고 부르다가 나중에는 더 줄여 슈파디냐라고 불렀어."

"너무한 거 아냐? 양한테 양고기 스튜라는 이름이라니!"

"하하하, 왜? 시골 생활은 그런 거지. 슈파디냐는 사랑 받고 잘 뛰어놀면서 행복하게 살았어. 평생 좁은 우리에 갇혀 항생제를 맞으면서 고기만을 위해 키워지지 않았다고.

봐서 알겠지만 우리 가족은 슈파디냐는 물론이고 다른 가축들도 다 예뻐하며 소중히 돌봐. 하지만 시골에서 가축은 가축이야. 잘 키워서 나중에는 감사하면서 맛있게 먹거나 팔거나 하는 거지."

듣고 보니 틀린 말은 아니다. 아직도 알비토에서는 옛 방식 그대로 가축들을 기른다. 소와 양들은 넓은 목초지에서 한가롭고 자유롭게, 본능에 따라 풀을 뜯고 돌아다닌다. 사람들은 정성스럽게 가축을 잘 돌보고 때가 되면 그 가축으로부터 고기를 얻고. 굳이 표현하자면 재래식 사육 방식에 가깝다.

산업화와 도시화가 전 세계를 휩쓸기 이전, 시골에서는 이런 방식이 흔하고 당연했을 것이다. 한 가족이 기를 수 있는 정도의 가축만 돌보고, 잔치가 있거나 다른 무언가를 위해 꼭 팔아야 할 때 말고는 가축을 쉽게 잡지 않고 함께 사는 모습. 그런 환경에서 동물은 자유롭게 지내고 사람은 자연스럽고 건강하게 먹었을 것이다. 알비토의 양들을 보며 많은 생각을 하게 된다.

여름의 알비토는 온갖 꽃들로 알록달록하다. 이름 모를 야생화들과 색색의 제라늄, 새빨간 양귀비, 하얀 협죽도, 노란 금작화까지 제각각 색을 뽐낸다. 향은 또 얼마나 달콤한지.

과수원 울타리 쪽으로는 분홍 장미가 산뜻하게 핀다. 부드러운 파스텔 톤의 주변 풍경에서 분홍색이 생생하게 도드라진다. 알베르토가 이 장미로 몇 년 전에 리큐어를 담갔는데 다양한 허브와 레몬, 과일 리큐어들 중에 가장 인기가 많았단다. 한 송이 따서 손에 들고 있으면 신기하게 점점 더 향이 짙어져 그야말로 눈과 코가 호사다.

그런가 하면 슬그머니 피어나는 꽃도 있다. 분명 어제까진 못 봤는데 아침 산책을 하다가 그동안 있는 줄도 몰랐던 선인장에 눈부시게 피어난 꽃을 발견한다. 그런 꽃들은 딱 이틀에서 사흘 나절 피었다가 진다. 짧게 피었다 져서 그런지 선인장에 꽃이 피면 그 주변까지 환해지는 느낌이다.

아이들의 옷차림은 무척 가벼워진다. 기저귀나 바지 한 장만 달랑 걸치고, 머리에는 모자를 꼭 쓴다. 엄마 아빠가 밀어주는 손수레를 타고 신나게 놀다가 많이 탔다 싶으면 문 앞에서 앉았다 일어났다 하며 시간을 보낸다. 낮잠을 자고 일어나서는 잔디밭에서 호스를 가지고 눌렀다가 흔들었다가 하며 질리지도 않고 논다. 물 나오는 게 그렇게 신기할까. 고양이들은 아이들 옆에 자리를 잡고 앉아서 꾸벅꾸벅.

아이들 노는 모습을 보며 문 앞에 앉아 있다가 고개를 들면 현관 옆 벽을 타고 자란 덩굴에 포도송이가 탐스럽게 영글었다. 아, 여름이구나. 알비토의 계절은 이렇게 온다. 매년 이맘때쯤 찾아오는 잠시 잠깐의 것들로 반갑게.

그렇게 슬슬 여름의 열기가 느껴진다 싶으면 시원한 레모네이드를 만들어 마시기 좋은 때. 아침 식사 후에 산책하다가 따 온 레몬으로 바로 만든다. 레몬은 알비토에서 1년 내내 차고 넘치는 것이라 아마 돈 주고 사는 사람은 없을 것이다. 이웃집에 가서 혹시 레몬 좀 있냐고 물어보면 흔쾌히 얻을 수 있을 정도. 알비토의 모든 집에 가 보지는 않았지만 그간 방문한 몇몇 집에는 모두 조그마한 텃밭이, 그곳에는 어김없이 레몬나무가 있었다.

이렇게 흔한 레몬이 쓸모가 없느냐 하면 또 그건 아니다. 다들 레몬을 알차게 먹고 즐긴다. 더운 여름날에는 레모네이드를 만들어 마신다. 생선 구이나 스테이크 위에 레몬즙을 뿌리고, 샐러드에도 레몬을 넣는다. 각종 소스에도 들어간다. 그렇게 다양하게 사용하는데도 전혀 부족하지 않다. 정말 지척에 널려 있기는 하다.

우리 집에도 야채밭 바로 뒤에 큰 레몬나무가 있다. 산책길에 보면 상태가 무척 멀쩡해 보이는 레몬들이 나무 아래에 잔뜩 떨어져 있다. 나는 열매들이 아까워 한참이나 바라보는데 알베르토는 따도 따도 사계절 내내 계속 레몬이 열리기 때문에 아까워할 필요가 전혀 없단다. 평생 레몬 부자의 여유일까.

이 레몬들을 따서 반으로 자르고 착즙기에 눌러 즙을 짜낸다. 레몬 세 개 정도를 짜낸 후에 그 두세 배 정도의 물을 넣고, 꿀을 한두 스푼 넣어 잘 저으면 완성! 단맛을 좋아하는 알베르토는 설탕을 마구마구 넣는다. 이렇게 자기 취향대로 신선하고 새콤한 레모네이드를 만들어 먹는다.

　나를 닮아 신맛을 좋아하는 아이들은 레모네이드를 무척 좋아한다. 냉장고에 잠시 넣어 두었다가 좀 차가워졌을 때 마시면 한여름 더위에 그만한 게 없다. 햇살 좋은 알비토의 날씨와 평생 레몬 부자라는 사실에 감사하게 된다.

산책은 우리 가족의 아주 중요한 일상이다. 알비토 집은 드넓은 목초지, 올리브나무와 오렌지나무로 가득한 과수원, 지금은 규모가 작아진 포도원, 그리고 텃밭으로 둘러싸여 있다. 우리 가족은 매일 오전과 오후에 한 번씩 방향을 달리해 산책을 나간다.

같은 장소라도 그 분위기는 매일 시간대에 따라 다르다. 열매가 익어 색이 들고 꽃이 피고 지며, 다른 동물과 곤충들이 나타난다. 오전과 오후의 빛과 기온, 냄새, 풍경이 조금씩 달라 산책은 매일 반복해도 절대 지루하지 않다. 또 고양이가 따라오는지, 몇 번 고양이가 함께하는지에 따라서도 늘 새로운 즐거움을 준다.

여름의 산책이 흐드러지게 피는 꽃들을 보기에 좋다면 가을의 산책은 열매 보는 재미가 있다. 호두와 아몬드가 익기 시작하면 매일 아침 산책 때 상태를 보고 딸지 말지를 결정한다. 나무마다 차이가 있다. 어떤 나무 아래에는 이미 다 익은 열매들이 후드득 떨어져 있는데 그 옆 나무는 아직이다.

열매가 익었는지 어떻게 알 수 있냐는 나의 질문에 알베르토는 약간은 잘난 체하는 표정으로 오랜 경험과 직관을 통해 알 수 있다고 답한다. 알맞게 여물었다 싶은 정도가 있단다. 그럴 때 나뭇가지를 흔들어 쉽게 잘 떨어지면 수확할 때가 되었다는 뜻이다. 떨어진 열매 한두 개를 주워 확인해 보고 판단한다. 열매가 잘 익었다면 따기로 결정!

열매들을 따는 방법은 무척 단순하다. 힘차게 가지를 흔들면 잘 익은 아몬드가 후드득 떨어진다. 그 다음에는 땅에 떨어진 아몬드를 부지런히 주워 모은다. 호두는 익으면 초록색 겉껍질이 갈라지면서 속에 든 열매가 보이기 시작하는데, 따는 방법은 아몬드와 같다. 나무가지를 흔들면 호두가 툭, 하고 제법 둔탁한 소리를 내며 떨어진다. 그리고 나면 땅에 떨어진

호두들을 열심히 줍는다.

잘 익은 호두는 초록색 겉껍질이 마르면서 저절로 벌어져 안의 알맹이가 쉽게 쏙 나온다. 아직 겉껍질이 덜 마른 호두는 안쪽에 약간의 진액 같은 것이 묻어 있는데 이게 맨살에 묻으면 진갈색으로 착색이 된단다. 한번 색이 들면 쉽게 빠지지 않으니 장갑을 꼭 껴야 한다고.

어른들은 열심히 가지를 흔들며 열매를 줍고, 아이들은 도와준다고 수선을 떨다가도 알아서들 잘 논다. 고양이들은 부를 때는 안 오다가 이렇게 일을 하고 있으면 꼭 다가와서 다리에 몸을 비빈다. 저리로 좀 가 있으라고 장난스레 밀어내도 꼭 이럴 때 더 애교를 부린다.

초가을에는 거의 끝물인 수박을 발견하기도 한다. '아직도 한 녀석이 남았네!' 하는 마음에 반갑다. 사과는 여름부터 계속 맛볼 수 있는데 가을 사과가 더욱 달고 아삭아삭하다. 사과나무는 몇 그루 없지만, 산책길에 잘 익은 열매를 한두 개 따서 쓱싹쓱싹 옷에 닦아내고 크게 한 입 베어 물면 속이 든든하다.

알베르토가 몇 년 전에 화단과 온실을 만들어 심은 극락조

화도 산책길에 조금 잘라 온다. 알비토 기후에 잘 맞는지 특별히 공들여 가꾸지 않았는데도 무성하게 자라 꽃 덤불을 이뤘다. 늦가을부터 다음 해 초여름까지 계속 꽃을 피운다. 향기는 없지만 길게 잘라 거실과 침실에 꽂아 두면 화사한 모습이 꽤 오래간다.

사과, 호두, 아몬드는 수확해서 우리 알비토 식구들이 나눠 먹으면 딱 적당한 양이다. 많지 않아서 그런지, 아니면 껍질이 잘 보호해 주는지, 특별히 신경 써서 돌보지 않아도 잘 익어 고마운 열매를 내어 준다. 그에 비해 오렌지는 손이 많이 간다.

매년 늦가을 무렵, 아버님은 트랙터 뒤에 직접 만든 친환경 해충 덫을 가득 싣고 천천히 움직이면서 오렌지나무마다 하나씩 달아 준다. 파리나 벌레가 오렌지를 베어 물면 노랗게 색이 들면서 과일이 확 상해 버리기 때문이다. 이런 해충을 막기 위해 페트병에 설탕, 식초, 물을 섞어 만든 액체를 담고 입구에서 살짝 떨어진 위쪽에 큰 뚜껑을 덮어 덫을 만든다. 그러면 그 혼합 액체 향에 끌려 벌레가 페트병 안으로 들어가는데 한번 들어가면 절대 못 나온다.

들어는 가는데 못 나온다니 무슨 원리일까 싶었는데 다음 날 확인해 보니 파리들이 둥둥 떠 있다. 아버님이 오랜 시간 오렌지나무를 가꾸며 터득하신 비법일까. 12월경에 과즙 많고 달콤한, 알 굵은 오렌지를 먹으려면 이렇게 미리 돌봐야 하는구나.

알비토의 가을은 자연이 좀 더 너그러이 내어 주는 열매도 있지만 사람이 좀 더 정성 들여 돌봐야 하는 열매도 있는, 그래서 이래저래 풍성한 계절이다.

늦가을 지나 초겨울 무렵이면 본격적으로 벽난로를 쓰기 좋은 때다. 포르투갈 남부는 날씨가 온화해 한겨울에도 10도 아래로는 잘 떨어지지 않는다. 그래서인지 집에 기본적인 난방 시설이 갖춰져 있지 않은 경우도 많다. 해가 지고 나면 순식간에 추워지는데, 그럴 때 벽난로는 정말이지 고맙고도 정겨운 존재다.

10월 중순에서 11월 초순 사이, 한낮에는 반팔이나 얇은 긴 옷을 입어도 괜찮은데 해가 지고 나니 금방 쌀쌀해진다. 이제 슬슬 벽난로에 장작을 넣을 때다. 미리 지붕 위 굴뚝을 점검하고 나무 넝쿨이 자랐으면 가지를 잘라 준다. 반 년 넘게 쓰지 않았던 벽난로 주변의 먼지도 잘 털고 청소도 한다. 그러다 보면 거미 몇 마리가 기어 나오는데 그렇게 징그럽거나 크진 않다. 거미들도 쫓아내고 마지막으로 창고 옆 장작더미에서 장작 몇 개를 가져다 놓으면 벽난로 준비 완료!

장작을 나르느라 문을 열어 두면 꼭 3번 고양이가 집 안을 빼꼼 들여다보며 들어올 기회를 노린다. 고양이들의 잠자리는 푹신한 천을 깔아 둔 창고지만 2번, 3번 고양이는 벽난로를 무척 좋아해 틈만 나면 들어오려 한다. 하지만 이들이 집 안에 들어오면 바로 주방으로 뛰어가 무방비하게 놓여 있는 치즈와 소시지를 물고 갈 것이 뻔하니 출입 금지다. 게다가 덩치도 너무 크다. 벽난로 앞 소파에 고양이 두 마리만 웅크려도 사람 앉을 자리가 없다.

고양이를 견제하며 장작을 다 나르고 나면 문을 닫고 불을 피운다. 두껍고 커다란 장작을 안쪽 가운데에 놓고 그 주변으로 잔가지들을 적당히 쌓는 게 알베르토의 방식이다. 그렇게 해야 불이 잘 붙고 오래 간다나. 주위의 잔가지들이 먼저 타오르며 온도를 서서히 높여 안쪽의 두꺼운 나무에도 열기가 전해진다. 그러면 가운데 있던 나무도 천천히 숯처럼 변하며 불꽃을 피운다. 지름이 15센티미터는 족히 되어 보이는 이 두

꺼운 장작은 저녁 7~8시 정도에 불을 때기 시작하면 새벽녘
까지도 불씨가 희미하게 계속 남아 있을 정도다.

벽난로를 본격적으로 써 보기 전에는 타오르는 장작불을
직접 보고 느끼는 것이 그렇게 매력적인지 몰랐다. 매 순간
다른 색깔, 다른 세기로 타오르는 불꽃을 보고, 타닥타닥 소리
를 들으며 몸과 얼굴에 닿는 따스함을 직접 느끼는 경험은 기
대 이상이다. 영화나 드라마의 벽난로 장면이 왜 그렇게 나른
하고 아늑하게 그려졌는지 이제는 이해가 간다.

아이들도 벽난로 앞에서 불 구경하는 것을 좋아한다. 열기
가 느껴지니 함부로 다가가지는 않지만 조심 또 조심하면서
그 앞을 떠나질 않는다. 아이들을 재운 후 알베르토와 둘이
함께 앉아 불길을 보며 와인이나 주전부리를 먹고 도란도란
이야기를 나누면 무언가 만족스러운 느낌이다. 대화가 이어져
도 끊겨도 그 자체로 좋다. 책을 읽거나 그대로 앉아 꾸벅꾸
벅 졸기도 하고. 벽난로와 음식, 와인의 세 박자가 어우러지며
알비토의 늦가을이 깊어 간다.

알비토의 절기,
개미의 혼인 비행과 겨울비

어릴 때 절기에 대해 처음 배웠을 때는 이상하다고 생각했다. 개구리 집 앞에서 지키고 서 있는 것도 아닌데 개구리가 잠에서 깨어나는 걸 어떻게 안다는 건지. 게다가 개구리도 개구리 나름 아닐까? 일찍 깨어나는 개구리가 있는 반면 늦는 개구리도 있을 테고. 그 기준이 애매하게 느껴졌다. 이슬이 맺히고, 서리가 내리고, 빗방울이 떨어지는 걸 어떻게 정해 놓는지 이해가 되지 않았다.

그러나 지금은 절기야말로 가장 직관적으로, 그리고 자연이 계절에 따라 흘러가는 모습을 잘 담아냈다고 생각한다. 물론 농업을 기반으로 한 절기는 도시에서 살아가는 대부분의 현대인들에게 크게 와닿지 않을 수도 있다. 하지만 뉴스를 통해 희미하게 환기될지언정, 절기가 불러일으키는 계절의 흐름은 감각을 일깨운다. 이제 계절이 이렇게 바뀌네, 꽃도 곧 피겠네, 쌀쌀해지겠네, 길거리에 이제 붕어빵이랑 호떡도 나오겠다, 하는 생각들처럼 온도, 자연, 음식, 소소한 계절감 등이 함께 다가온다.

알비토에서 가을과 겨울을 나누는 절기는 개미의 혼인 비행과 겨울비다.

"저기, 개미들이 잔뜩 날아가는 것 좀 봐! 이제 내일이면 비 올 거야. 그러고 나면 겨울이야."

알베르토가 하늘을 가리키며 하는 말에 고개를 들었다가 하늘을 유유히 날아다니는 개미떼를 보게 되었다. 평생 도시에서 살아온 나는 처음 보는 그 광경에 깜짝 놀랐다. 그리고 그의 말에 '설마, 날씨가 이렇게 계속 좋은데 갑자기 비가 오겠어?' 하고 생각했다가 다음날 정말 비가 왔을 때 두 번 놀랐다. 이듬해의 비슷한 시기에도 개미떼의 비행을 보고, 그 다음날 어김없이 비가 와서 세 번 놀랐다.

매년 10월 말에서 11월 중순쯤, 첫 겨울비가 내릴 무렵에는 개미들이 항상 혼인 비행을 한다. 날씨가 본격적으로 싸늘해지기 전에 한 해의 가장 큰 행사를 치르려는 게 아닐까 싶은데 어떻게 그렇게 시기를 잘 맞추는지.

어린 시절에 과학 동화책에서 한 번씩은 봤다시피 혼인 비행은 개미나 벌과 같은 곤충이 짝짓기를 위해 하는 행동이다. 개미의 경우, 공중에서 먼저 수개미가 여왕개미에게 접근해 교미하고 수정이 끝나면 떨어진다. 그렇게 여왕개미는 여러 수개미와 짝짓기를 하게 되고, 그 한 번의 혼인 비행을 통해 저정낭에 정자를 채워 두고는 일생 동안 알을 낳는다.

알비토에서 볼 수 있는 이 신비로운 광경은 하루 혹은 이틀이면 끝난다. 차를 타고 지나가다 보면 교미를 끝낸 수개미들이 차 앞 유리창에 수없이 떨어져 부딪힌다.

개미떼는 질서 정연하게, 마치 활주로에서 차례를 기다리는 비행기처럼 열을 지어 높은 가지를 타고 올라간다. 가지 끝에서 날아오르는 끝도 없는 개미 행렬을 보면 저절로 입이 벌어진다. 조금 더 자세히 보려고 가까이 다가가면 무언가가 사정없이 다리 위로 기어올라 물어뜯는다. 아마 병정개미 같은데 짝짓기에 방해가 되는 천적들을 단호하게 막아서는 느낌이다. 물리면 꽤 아프다. 괜히 가까이서 구경하려다 짝짓기를 방해했나 미안한 마음까지 든다.

책에서 본 개미의 혼인 비행은 글자로만 존재하지만 직접 보는 장면은 대자연의 경이로움을 생생하게 일깨워 준다. 나에게는 눈이 휘둥그레지는 구경거리지만 이들에게는 그야말로 생존이 달린 문제라는 것이 확 와닿는다.

사람이 다른 생명체에게 알면서도 혹은 모르고 저지르는 크고 작은 위협들이 얼마나 많을까. 그리고 이토록 우리 모두가 가깝게 연결되어 있다는 것은 얼마나 소름 돋고 경이로운 일인지.

5장.

소소한
마을 생활

느슨하고 편안하고 시끄럽게,
친구 모임

포르투갈 가족이나 친구들과 함께 모이게 되면 좋은 점과 불편한 점이 뚜렷하게 나뉜다. 우선 불편한 점은 무언가 체계가 없다는 것. 한번은 알베르토의 친구들, 그 가족들과 다 같이 모여 점심을 먹자는 이야기가 나왔었다. 한국 친구들 같았으면 메뉴부터 일정까지 구체적으로 정했을 것이다.

"우리 그날 메뉴는 뭘로 정할까? 시켜 먹을까? 음료는 네가, 과일은 내가 준비할까? 나눠서 각자 준비하고 나중에 정산하자."

이렇게 역할 분담까지 철저하게 했을 텐데, 알베르토와 그 친구들은 느긋하기 그지없다. 토요일 점심, 그러니까 12시에서 2시 사이에 우리 집에서 점심을 먹자, 메뉴는 대구를 넣은 아소르다로 하고 장소는 우리가 제공하니 요리는 곤살로가 하는 것으로. 이 정도까지만 대충 정해 놓고는 약속 날짜가 다가왔다.

"그럼 점심에 쓸 재료는 어떻게 하지? 빵을 하나 더 사다 놓을까?"

"글쎄. 곤살로가 한다고 했으니까 알아서 가져오지 않을까?"

"대구도 가져오는 거지?"

"아마도. 자기 집에서 요리해서 가져올 수도 있어."

"아마도?"

"응, 하지만 우리 집에서 요리할 수도 있으니까 냄비가 제대로 준비되어 있는지만 미리 확인해 놓지, 뭐."

"아니, 그런 걸 왜 안 정하는 거야? 곤살로가 요리를 해서 가져오겠다 아니면 여기 와서 하겠다, 미리 정하면 안 되는 거야?"

"아, 뭐…. 자기 집에서 해 올 수도 있고, 안 되면 우리 집에서 하는 거지."

그 여유로운 모습이 나에게는 새로우면서도 살짝 적응이 안 된다. 자기들끼리 단체 채팅방도 있으니 약속을 확실히 정하는 게 어려운 일도 아닐 텐데 미리 정하면 안 되나? 나는 계획을 세워 그대로 일을 진행하는 편인데 알베르토는 느긋한 쪽에 가깝다. 내 입장에서 보면 정말 심하게 느긋하다. 아마 그의 눈에는 내가 너무 계획적으로 보이겠지만.

그러나 좋은 점도 있다. 누굴 초대한다고 해서 뭘 준비하거나 지나치게 신경 쓸 필요가 없다는 것이다. 초대하는 사람과 받는 사람 모두 굉장히 여유롭다. 그리고 조금 늦어질 수는 있지만 어떻게든 푸짐한 식사를 하게 된다. 다들 와인과 치즈, 햄 등을 알아서 넉넉하게 들고 오니 먹을 것이 모자랄 일이 없다. 메인 메뉴가 나오기 전부터 테이블에 와인과 치즈, 빵, 햄이 한가득이다.

요리를 맡은 곤살로가 조금 늦게 왔지만 아무도 개의치 않았다. 사실 알비토식 시간 관념으로는 별로 늦은 것도 아니다. 곤살로는 오자마자 주방에서 바로 와인을 따 친구들과 30분

정도 수다를 떨다가 천천히 요리를 시작했다.

그리고 곧, 아주 맛있게 대구 빵수프를 만들어 냈다. 2시 30분쯤에 요리가 완성되어 본격적으로 식사 시작. 장소와 그릇을 제공하기로 한 나와 알베르토는 같이 와인을 마시면서 뭐는 어디에 있으니 알아서 쓰라는 정도만 알려주고 편안히 앉아 있었다. 다 같이 도울 일이 있으면 자연스럽게 도와주며 각자 하고 싶은 일을 한다. 계획과는 거리가 멀지만 아무도 스트레스를 받지 않았으니 꽤 괜찮은 셈.

점심을 같이 한 사람들은 알베르토의 오랜 고향 친구들이다. 곤살로 커플은 최근에 남자아이를 낳았고, 우고 커플은 우리처럼 남매를 키우고 있다. 우리 아이들보다 한 살씩 많다. 굳이 커플이라는 단어를 쓴 이유는 둘 다 법적 부부가 아니기 때문이다. 두 커플 모두 10년 넘게 함께하고 자녀도 있지만 정식으로 혼인 신고는 하지 않았다. 포르투갈 사람들은 이렇게 사실혼 관계만 유지하는 경우가 무척 많고, 오히려 법적으로 혼인 신고를 한 부부가 더 적다. 두 경우 모두 법적으로든 제도적으로든 별다른 차이가 없기 때문이다.

알베르토와 곤살로, 우고는 젊을 때부터 함께 여행도 다니고 밤새 술도 마시던 사이였는데 이제는 셋 다 아이 아빠가 되었다니 괜히 내가 감개무량하다. 하지만 그런 감상에 젖기에는 현실이 너무 소란스럽다. 우고네 첫째인 프란체스코는 그래도 어찌저찌 의사소통이 되고 음식도 알아서 잘 먹지만 나머지 아이들인 보배, 마리아, 루이지냐, 안토니오는 식사부터 배변까지 모든 것을 부모들이 챙겨야 한다. 게다가 곤살로네가 데려온 애완견 두 마리도 같이 뛰어다닌다. 어린이 하나에 아가 넷, 개 두 마리까지 그야말로 정신이 없다. 그래도 다들 알아서 잔디밭에서 기고, 눕고, 뒤집고, 뛰다 걷다 하면서 잘도 논다. 그 모습이 너무 귀엽다.

이렇게 시골집에서 친구와 그 가족들끼리 모이면 자유롭고 편하게 놀 수 있고 주변 집에 방해도 되지 않으니 참 좋다. 어른들은 한쪽에서 마음 편히 여유를 부리고 아이들과 동물들은 어른들의 시선이 닿는 잔디밭과 물탱크, 과수원에서 알아서들 놀고. 이래저래 정신 없고 시끌벅적해도 느긋한 친구 모임이다.

하루는 밤 9시가 조금 넘어 나는 샤워를 하고 알베르토는 보배를 재우고 있었는데 밖에서 인기척이 들렸다. 바로 알베르토의 오랜 친구 떼쥬였다. 공무원인 떼쥬가 일을 마치고 퇴근한 후 텃밭을 돌보다가 집에 가는 길에 직접 딴 야채를 잔뜩 들고 들렀단다. 아직 흙이 묻은 작업복 차림으로 앉아 커피를 한잔 마시니 어느새 한 시간이 훌쩍 지났다.

첫해, 둘째 해까지는 이런 갑작스러운 방문이 좀 낯설었는데 지금은 이렇게 친구들끼리 연락을 따로 하지 않고 지나가는 길에 들르는 일상에 어느 정도 적응이 됐다. 들르는 사람도 집에 있는 사람도 서로 부담이 없다. 커피나 와인을 마시

며 몇 시간씩 이야기할 때도 있고 10~20분 정도 짧게 인사만
하고 헤어질 때도 있다. 이웃집에 들렀는데 비어 있으면 그냥
어깨를 으쓱하며 다음에 다시 와야지, 하고 만다. 시골 생활에
서 오는 느슨함과 여유, 평생 보고 알아온 관계가 주는 편안
함 때문이리라.

친구뿐만 아니라 이웃들도 편하게 오가는데 주로 레몬이나
허브를 빌리거나 디저트를 나눠 먹자고 문을 두드린다. 가끔
씩은 생각지도 못한 방문도 있다. 몇 년 전 가을에는 사냥꾼
아저씨가 선물이라며 방금 잡은 토끼를 들고 온 적도 있었다.

집 앞 목초지에는 야생 토끼들이 꽤 있어 가을쯤 되면 맨눈
으로도 토끼들이 깡충깡충 뛰는 광경이 제법 보인다. 알비토
에서는 1년 중 가을에 한 달 정도 허가된 장소에서만 토끼 사
냥을 할 수 있다. 사냥 조건이 꽤 까다롭고 엄격하게 지켜지
는데, 아마 토끼의 개체수를 적절히 조절해 주위 생태계와의
균형을 맞추기 위한 방편이 아닌가 싶다.

"안녕하시오. 내 이 근처에서 허가 받고 사냥하는 사냥꾼이
오만…."
"아, 안녕하세요, A 씨. 안 그래도 사냥개 소리를 들었어요.

어쩐 일이신가요?"

"허가는 받았지만 아무래도 사냥개 소리에 시끄러울 것 같기도 하고 그래서 이렇게 사냥감을 좀 나누려고 들고 왔다오!"

"아이고, 안 그러셔도 되는데…. 감사히 잘 먹겠습니다!"

훈훈한 대화를 나눈 후 정말 감사했지만 아직 온기가 남아 있는 토끼의 뒷다리를 들고 문 앞에서 잠시 얼음이 되었다. 왠지 잔혹동화의 주인공이 된 것만 같은 기분으로 이 토끼를 어떻게 해야 하나 싶어 속으로는 반쯤 울상을 지은 채.

포르투갈 사람들은 토끼 고기를 꽤 즐겨 먹는다. 슈퍼마켓의 정육 코너에서도 쉽게 볼 수 있다. 요리할 수 있게 손질은 되었지만 딱 봐도 토끼인지 알아볼 수 있는 모양새로 소고기와 돼지고기 옆에 얌전히 놓여 있다. 아무튼, 사냥꾼 아저씨가 주고 간 토끼는 그 다음날 부모님이 잘 다듬어 맛있는 스튜가 되었다.

물론 무언가 나눌 것이 없어도 그냥 편하게 오고 갈 수 있다. 알비토는 무척 작은 마을로 주민들이 오랜 시간 서로를 알고 지내왔기에 문턱이 낮은 편이다. 이 때문에 피곤하거나 답답할 때도, 짜증이 날 때도 있다. 하지만 같이 이야기하며 울고 웃고, 기뻐하고 즐거워하며, 기대하지 않고 있다가 뜻밖에 감동하게 될 때도 많다. 더불어 살아가는 삶은 이렇게 충만하구나, 새삼 느끼게 된다.

도시에서 태어나 자라고 생활한 사람으로서 시골 생활을 시작하기 전에 몇 가지 걱정이 있었다. 벌레가 많이 나오면 어쩌나. 큰 벌레가 나오면 어떻게 처리하지? 쥐도 나오겠지? 심심하고 지루하면 어쩌나. 시골에서 살면 문화 생활은 전혀 못할 텐데.

그렇지만 이런 걱정들은 막상 직접 부딪히고 생활해 보니별것 아니었다. 일단 벌레는 내가 걱정했던 것만큼 크거나 많이 돌아다니지 않는다. 가끔 쥐가 나오긴 하지만 고양이들이 알아서 처리해 준다. 그리고 무엇보다 심심할 틈이 없을 정도로 하루하루가 알차다. 부지런히 해야 할 일들도 차고 넘치고,

변화무쌍한 자연과 날마다 벌어지는 흥미진진한 에피소드들이 항상 기다리고 있다. 나름의 문화 생활도 감초 아닌 감초!

알비토의 문화 생활은 아기자기 소소한 듯하면서도 생각보다 다양하다. 알비토와 옆 마을인 빌라 노바 다 바로니아Vila Nova da Baronia는 함께 매달 조그만 문화 일정 책자Agenda Cultural를 발행한다. 펼쳐 보면 A4용지만 한 20페이지 내외의 작은 안내서로 마을 행정 사무소나 근처 시장, 가게, 카페 등에서 쉽게 구할 수 있다. 말 그대로 각종 문화 행사를 소개하는 소책자인데 계절별, 월별로 문학, 연극, 음악, 요리, 축제 등 다양한 행사가 열린다.

예를 들어 2018년 6~7월 일정은 다음과 같다.

* 6월 30일: 깐트 알란테자누 합창단 공연

* 7월 1일: 노인 대학 학기 종료식 및 뮤지컬과 연극 공연

* 7월 6일: 성인을 기리는 퍼레이드

* 7월 13~15일: 옆 마을 축제, 디저트와 여름 안주 경연 대회 및 노래 콘테스트

* 7월 21일: 알비토 고성 오케스트라 연주회

* 7월 26일: 할아버지 할머니와 손자 손녀 산책 행사

이외에 도서관에서 하는 작가와의 만남, 아이들을 대상으로
한 스토리텔링 행사도 있다.

뭔가 다양하긴 한데 과연 느긋느긋한 이 동네 사람들이 참여
를 할까 의문이 생겼다. 열심히 살펴보니, 예상외로 열정적으
로 참여하고 있었다. 물론 참여 인원이 항상 넘쳐나거나 행사
가 마냥 활발하지만은 않다. 대도시에서 열리는 행사들만큼
화려하거나 거창하지도 않다. 하지만 작은 이벤트라도 좋아하
는 사람들끼리 즐기면 그걸로 충분한 것 아닐까?

재작년 겨울에는 마을 성당에서 작은 콘서트가 열려 어머
님과 함께 구경하러 갔다. 쌀쌀한 날씨에 공연 시각은 심지어
밤 10시. 마을 성당은 13~14세기에 지어진 오래된 건물로 천
장이 아주 높아 통풍이 잘되는 데다가 찬바람까지 숭숭 불어
왔다. 안에는 마을 주민이 열 명 남짓 자리를 잡고 앉아 있었
다. 정말 콘서트를 할 수 있을지 걱정도 잠깐, 이내 공연이 시
작되었다.

연주자와 가수들은 외지에서 온 사람들이었다. 현악 사중
주와 테너 한 명, 소프라노 한 명이 어우러져 훌륭한 공연을
선보였다. 찬바람 가득했던 높은 천장과 빈 공간은 금세 훌륭

한 콘서트 홀이 되어 주었고, 오래된 성당이 빚어내는 분위기는 더할 나위 없이 아름다웠다.

도시의 문화 생활은 다양하고 체계적으로 잘 짜여 있다. 그러나 그만큼 소비와 직결되어 있고, 즐기기 어려울 때도 많다. 돈이 없어서, 돈이 있으면 시간이 없어서, 돈도 있고 시간도 있지만 체력이 부족해서, 아니면 다른 일정과 겹쳐 애매해서 등. 사실 도시에서 직장 생활을 하다 보면 쉬이 지쳐 주말에는 문화 생활이고 뭐고 그냥 자고 싶어지기도 한다.

알비토는 그에 비하면 확실히 무척 소탈하고 단출하지만 온기가 가득하다. 아이들부터 노인까지 모두가 골고루 누릴 틈을 준다는 것도 좋고 느슨하게 즐기고 마음만 먹으면 언제든 만날 수 있어서 좋다. 정겹게 얼굴을 마주보고 미소를 나누며 음악도 듣고, 와인도 마시고, 책도 읽고. 이 정도면 감성을 살찌우는 꽤나 훌륭한 문화 생활 아닐까?

없는 것 빼고
다 있는 시골 장터

토요일 아침, 조그만 마을 알비토가 웬일로 시끌시끌해진다. 주말 장이 열리기 때문이다. 알비토뿐만 아니라 포르투갈의 어느 시골 마을에서든 주말 오전에는 활기찬 장터를 만날 수 있다.

알비토 시장은 매우 작은 규모로 열 개 남짓한 점포가 열리는데 이마저도 평소에는 닫혀 있다가 토요일 오전에만 문을 연다. 신선한 채소와 과일, 허브는 물론 생선과 고기, 치즈까지 없는 게 없다. 소박하고 특별한 것은 없지만 일주일간 먹을 기본 식료품을 사기에는 충분하다.

토요일 오전에는 모든 마을 사람이 시장 근처에서 만나 인사를 주고받는다고 해도 과언이 아니다. 알베르토와 함께 가면 과장 조금 보태서 마주치는 사람의 90퍼센트와 서로 인사를 나눈다. 그것도 그냥 'Bom dia.봉 디아, 포르투갈어의 기본 인사'하는 가볍고 일상적인 인사가 아니라 서로를 속속들이 알고 있는 사이에서나 가능할 법한 그런 대화가 오간다.

"어, 알베르토! 잘 지내나?"
"아, B 씨! 잘 지내셨어요? C는 어때요? E는 아직 리스본에 있나요?"

그렇게 인사를 주고받고 헤어진 뒤, 아는 사람이냐고 속닥속닥 물어보면 또 길고 긴 이야기가 펼쳐진다.

"응, 저분은 우리 아버지의 친구분인데…"
"십몇 년 전에 우리 이웃집 살던 분의 친척인데…"
"옛날에 내 남동생과 잠깐 데이트했던 사람인데…"
"예전에 동사무소에서 일했던 이웃인데…"

이렇게 그 사람에 대한 설명과 과거 에피소드들이 막힘없이 나온다. 여러 사람과 인사와 안부를 주고받다 보면 토요일 오전이 순식간에 흘러간다. 시장 앞 도서관에서 아이들 책을 빌리고 그 바로 옆 카페에 들러 커피와 간식을 먹고 나면 어느새 점심때가 된다.

어떻게 동네 사람들이 서로를 다 알까? 친밀하게 인사를 주고받는 모습이 참 정겹다. 마을에서 유일한 동양인인 나에게 호기심 어린 시선을 감추지 않으면서도 예의 바르게 인사와 미소를 건네는 그 적당한 거리감과 친밀감도 마음에 든다.

매주 열리는 주말 장 외에 매월 열리는 장터도 있다.

"월간 장날에는 뭘 파는데?"
"옷이랑 신발도 팔고, 농사꾼들이나 목동에게 필요한 물품, 가정용품, 잡화, 꿀이나 마늘, 기타 먹을 것 등 다 팔아. 시골에 사는 나이 드신 분들은 장을 보러 주변 큰 도시에 나가는 것도 쉽지 않을 때가 있는데, 월간 장에 가면 웬만한 것은 다 살 수 있지."

구경할 거리가 아주 많지는 않지만 알베르토 말대로 나름 필요한 것들은 다 있다. 목동이나 사냥꾼, 농부 들이 들고 다녔다는 휴대용 뿔 용기와 코르크로 만든 주걱도 있고, 소나 양의 목에 매다는 방울도 다양한 모양과 크기로 진열되어 있다. 이 방울들은 아직까지도 많이 사용된다. 목동이 가축을 찾을 때 도움이 될 뿐만 아니라 가축들이 서로를 잃어버리지 않게 해 주는 역할도 하고, 천적들이 다가오지 못하도록 경고하는 역할도 한다고. 집에 있으면 해 질 무렵 멀리서 양떼의 방울 소리가 간간이 들리는데 얼마나 평화로운지 모른다.

장날에는 식재료도 많이 판다. 다양한 요리에 사용되는 돼지 비계도 보이고, 포르투갈의 소울 푸드인 바까야우, 각종 소시지와 햄도 보인다. 각지에서 생산된 치즈도 종류, 크기별로 팔고, 텃밭에 심을 채소며 허브의 모종, 각종 화분과 꽃도 눈에 띈다. 알비토보다 좀 더 큰 마을의 월간 장터에 가면 닭과 오리를 비롯한 애완용 새도 거래된다. 살아 있는 돼지도 한 번 본 적이 있다. 북적거리는 장터를 지나다 보면 장터 단골 손님인지 상인인지 모를 사람들이 좁은 테이블 주위에 모여 구운 정어리에 와인을 나눠 먹고 있다.

우리 식구들은 차로 5분 거리에 있는 슈퍼마켓도 자주 이용한다. 기저귀, 분유, 휴지, 세제 등 생필품을 주로 사고, 간 김에 신선 식품들을 사 오기도 한다. 빵은 빵집에서, 와인은 협동조합에서, 치즈나 고기는 이웃들에게서 직접 살 때도 있다.

하지만 주말 장터에서는 비교적 합리적인 가격으로 장을 볼 수 있다. 그뿐만 아니라 알비토 같은 시골 마을에서는 매주 사교의 장 역할까지 톡톡히 한다. 이는 월간 장터도 마찬가지. 마을의 광장이나 중심부에서 장터가 열리기 때문에 걸어갔다가 장을 봐 직접 들고 와야 하니 필요한 만큼 조금씩만 사게 되는 이점도 있다. 어차피 다음주에 또 가면 되니 굳이 많이 쌓아 놓을 필요가 없다.

매주 조금씩 달라지는 제철 식품도 구경하고, 직접 냄새도 맡고, 오랜만에 만난 이웃들과 인사하는 재미도 있는 복작복작한 시골 장터의 매력이 참 좋다.

1년에 한 번,
건과일 축제

1년에 한 번, 알비토에서는 '성인들의 날 및 건과일 축제Feira

dos Santos e Frutos Secos'라는 큰 행사가 열린다. 만성절Dia de Todos os

Santos, 11월 1일을 기념하는 축제와 더불어 지역 장터가 열리는데

주로 건과일과 견과류, 올리브, 수제 햄, 수공예품 등을 판매

한다.

　이렇게 지역 특산물을 파는 장이 알란테주 곳곳에 돌아가

면서 선다. 마지막으로 알비토에서 11월 1일에 열리고, 한 해

를 마무리한다. 11월을 넘어가면 날씨가 급격히 추워지고 겨

울비가 내려 사실상 야외 장터가 열리기는 힘들다.

　알비토뿐 아니라 포르투갈의 다른 시골 마을에서도 지역

특산품 위주의 장이나 지역 축제와 결합한 큰 행사가 연 1회 정도는 열리는 편이다. 규모가 그렇게 크지는 않아도 소소하게나마 지역 분위기와 시골 장터 특유의 정취를 느낄 수 있다.

알비토 건과일 축제의 역사는 무려 16세기까지 거슬러 올라간다. 견과류와 말린 과일, 올리브 절임을 많이 파는데 외부 관광객보다는 지역 주민 위주의 전형적인 시골 장이다. 역시나 신선한 제철 수확물이 많고, 흥정이 오가고, 장날에 맞춰 고향에 들른 친척과 친구들이 모이는 만남의 장소다.

장터가 열리는 곳은 시에서 운영하는 야외 공터인데 우리 집에서는 1킬로미터 정도 떨어진 곳에 있다. 행사 며칠 전부터 부스며 친막을 설치하는 손길과 소리가 분주하다. 프로그램을 찾아보니 전야제에는 나름 유명한 가수의 공연과 '젊은이들의 밤'이라는 행사가 열리고, 장날 아침부터 알찬 일정들이 잡혀 있다. 자전거 경주 대회도 있고, 걷기 대회, 책 소개 행사, 지역 주민 만남의 장까지.

장터에 가면 역시 군것질을 빼놓을 수 없다. 일단은 주문과 동시에 튀겨 시나몬과 설탕을 잔뜩 뿌려 주는 추로스로 시작! 언뜻 봐도 맛이 없을 리가 없다. 초코, 딸기, 크림 등 원하는

토핑을 안에 채워 먹을 수 있다. 다음으로 핫도그 스탠드도 들른다. 단짠단짠 코스는 언제나 옳으니까. 보통 핫도그, 햄버거, 샌드위치, 케밥 등을 함께 판다. 원하는 재료들을 골라 말하면 점원이 재빠른 손놀림으로 척척 얹어 소스를 잔뜩 뿌려준다. 그 손놀림을 보면서 맥주 한 모금을 떠올린다. 역시 핫도그는 맥주와 곁들여 먹어야 제맛.

배가 부르지만 뭔가 아쉽다. 아직은 더 넣을 수 있을 것 같다고 되뇌며 걷다 보면 진지냐Ginjinha를 잔으로, 혹은 병째로 파는 곳들이 보인다. 진지냐는 포르투갈의 체리 브랜디인데 당도가 아주 높다. 손바닥 4분의 1 정도 되는 크기의, 초콜릿으로 만든 잔에 따라 먹는다. 한 모금 넘기면 체리 향과 초콜릿의 달콤함이 같이 느껴지는데 꽤 잘 어울린다. 마지막 모금에는 초콜릿 잔도 함께 먹는다. 이렇게 해서 보통 1유로 정도 하는데 리스본 같은 대도시에서는 조금 더 비싸게 판다.

초콜릿을 먹었으니 당도 보충했겠다, 산뜻하게 더 걷다 보면 치즈를 파는 스탠드가 나온다. 포르투갈의 고산 지대이자 치즈로 유명한 세하 다 이스트렐라Serra da Estrela에서 온, 양젖으로 만든 치즈를 맛본다. 식감도 향도 가지각색이다. 조금씩 다 맛을 보고 살 수 있다.

실내 천막 안으로 발걸음을 옮기니 이곳에도 구경할 것 투성이다. 수공예품, 장난감, 꿀, 화장품 등 지역 특산물이 가득하다. 종과 숙성시키는 방법에 따라 맛과 향이 천차만별이라는 올리브 절임도 빼놓을 수 없고, 수제 소시지와 햄, 고기 등의 육가공품부터 호두, 무화과, 말린 자두, 밤, 아몬드, 헤이즐넛 같은 견과류와 건과일까지. 알란테주에서 난 것도 있지만 바로 옆 지역 알가르브의 견과류와 건과일은 특히 더 유명하다.

저녁쯤 되면 푸드 코트 격인 천막 안에 사람들이 잔뜩 모인다. 맥주와 와인, 바베큐, 소시지, 햄버거와 빵, 기타 요리 등 다양하게도 파는데 시끌시끌한 이야기 소리로 활기차다. 때로는 옆 천막에서 벌어지는 전통 춤 공연도 볼 수 있다. 익숙하고 정겨운 분위기에 취해 돌아다니다 보면 여기저기서 아는 사람들을 또 만난다.

부모님은 걷기 행사나 노인 연극을 보러 가고, 알베르토와 형제들은 오랜만에 옛 친구들을 만날 생각에 즐거워 보인다. 조카들은 디제이가 오는 클럽 나이트에 가서 새벽까지 놀다 들어온다. 더 어린 조카들은 회전 목마, 범퍼카 같은 놀이 기구를 태워 달라고 조른다. 그리고 아직 놀이기구를 타기에는 너무 조그맣고 어린 우리 아이들은, 엄마 아빠 옆에 꼭 붙어서 먹는 걸 구경하며 조금씩 맛을 본다.

규모가 크지도 않고, 거창하거나 세련된 공연이나 멋들어지고 특별한 무언가가 있는 것은 아니다. 하지만 나이에 관계없이 모두가 즐길 거리가 펼쳐진다는 점이 좋다.

이렇게 일상의 공간 속에서 모두가 함께 즐기며, 감정과 이야기를 나눌 수 있고, 즐거움과 감사함이 어우러져 일상이 따스하게 다가오는 곳. 알비토는 그런 곳이다.

포르투갈의 집 아말리아 호드리게스

Uma Casa Portuguesa   Amália Rodrigues

...

하얗게 회칠한 네 벽면

로즈메리 향기

금빛포도 한 송이

정원엔 두 송이 장미

아줄레주 타일의 요셉 성인

그리고 또 봄의 태양

입맞춤의 약속

나를 기다리고 있는 두 팔

바로 포르투갈의 집이라네

포르투갈의 집이라네

Quatro paredes caiadas
Um cheirinho a alecrim
Um cacho de uvas doiradas
Duas rosas num jardim
Um São José de azulejo
Mais o sol da primavera
Uma promessa de beijos
Dois braços à minha espera
É uma casa portuguesa com certeza
É com certeza uma casa portuguesa

우리 집의 가난한 평온 속엔

사랑이 넘쳐흐르네

창가의 커튼과 달빛

그리고 또 이를 비추는 태양

조금만으로 즐거워지기에 충분하지

소박한 생활을 위한

사랑, 빵과 와인이면 돼

또 그릇에서 김을 내는 깔두 베르드 수프도

바로 포르투갈의 집이라네

포르투갈의 집이라네

No conforto pobrezinho do meu lar
Há fartura de carinho
A cortina da janela e o luar
Mais o sol que bate nela
Basta pouco poucochinho pra alegrar
Uma existência singela
É só amor pão e vinho
E um caldo verde verdinho a fumegar na tigela
É uma casa portuguesa com certeza
É com certeza uma casa portuguesa

...

대도시에서 태어나 살 때에는 몰랐던, 동티모르로 옮겨 가며 알게 된 시골의 맛은 알비토에서 그 정점을 찍었다. 지난 여름 알베르토와 둘이 하루 종일 리스본으로 나들이를 갔는데 그렇게 힘이 들 줄은 몰랐다. 15년 전쯤인가, 서울에서 직장에 다니다 출장차 리스본을 방문했던 적이 있다. 한 나라의 수도인데 참 작고 시골 같다는 생각이 들었었다. 그런데 이게 어찌 된 일인지 그때의 기억은 신기루처럼 사라졌다. 사람도 차도 차고 넘쳐, 너무 시끄럽다는 생각이 하루 내내 들었다. 그날 저녁 무렵 허허벌판의 알비토역에 도착하니 너무나도 상쾌했다.

곧장 포르투갈 부모님 집으로 발걸음을 옮겨 반가워하는 아이들을 안으니 얼마나 좋던지. 아이들과 함께 집으로 돌아와 다 같이 과수원과 올리브밭 쪽으로 산책을 나가니 또 얼마나 좋던지. 벌판 넘어 막 지는 해를 물끄러미 바라보는데 양 울음소리가 들려왔다. 뺨을 간지럽히는 바람과 함께 실려오는 건초 냄새까지, 마음의 평화가 찾아들었다. 여기에 우리 집이 있어서 참 좋다는 나의 말에 알베르토도 예전에 리스본에서 일하던 시절, 금요일 저녁에 퇴근하면 바로 차를 몰고 와서 주말을 보내고 갔다는 이야기를 해 주었다.

"그때 말이지, 리스본을 벗어나는 순간 백미러로 보이는 뒤로 서서히 멀어지는 풍경이 내가 가장 좋아하던 모습이었어. 아, 이제 번잡한 도시를 떠나는구나 하며 좋아했었지."

그는 천상 시골 사람이다. 그리고 이제는 나도 그의 말에 꽤나 공감한다.

전망대에서 내려다보는 시적인 풍경의 리스본, 기차를 타고 가다 철교 위로 펼쳐지는 리스본, 강변을 따라 걸으며 들려오는 리스본, 늦은 오후의 알파마Alfama나 그라사Graça 등 리스본의 여러 모습과 풍경들은 참 멋지다. 모두 그 나름대로 아름답고 사랑스럽다. 그러나 지금 내게 리스본이 가장 매력적으로 보일 때는 예전에 알베르토가 그랬던 것처럼 집으로 돌아오는 기차를 타는 순간이다. 시골 집에서 기다리고 있는 아이들, 고양이들, 닭들과 돼지, 양떼, 텃밭의 꽃과 나무들, 그 모든 향기와 고운 결을 곧 느낄 수 있다는 생각에 설레고 감사하게 된다.

이렇듯 하루하루가 잔잔하고 건강하며 부족할 것 없이 흘러가는 알비토지만 당연히 모든 것이 좋을 수만은 없다. 여러 나라의 시골 마을들이 흔히 그렇듯 이곳 역시 노령화가 진행되며 산업과 경제 활동이 침체되어 활기를 잃어 가고 있다. 포르투갈 내륙의 시골에는 이미 소멸되어 가는 마을들이 많다고 알베르토가 귀띔한다. 시골 마을 쇠퇴 문제는 세계 어디나 다들 비슷하다.

그래도 알비토는 아직까지 아이들이 좀 있어 학교도 잘되어 있는 편이고 커뮤니티 활동도 소소하지만 활발하게 이루어진다. 또 40킬로미터도 채 안 되는 거리에 제법 큰 도시가 두 개 있고 리스본도 기차로 1시간이면 갈 수 있어 큰 불편은 없다. 그렇지만 알비토 역시 전망이 썩 밝다고만은 할 수 없다. 전반적으로 삶의 질을 따진다면 물론 시골이 매력적일 수 있지만 당장 먹고사는 문제가 걸린다. 우리 가족 역시 같은 이유로 알비토로의 완전한 정착은 주저하고 있다.

그러나 이는 어찌 보면 선택 의지와 타이밍의 문제라는 생각도 든다. 알비토에 뿌리를 내리고 사는 알베르토의 가족들을 보면 규모를 갖춘 사업을 하거나 큰돈을 벌지는 못한다. 산업 활동이 미미하니 번듯한 직장도 물론 없다. 멋진 외제차로 드라이브를 즐기거나 거대 기업이 낳은 화려한 문화를 누리지 못한다. 고급 레스토랑, 명품 쇼핑과는 거리가 멀다. 그러나 다들 오래됐지만 넉넉한 집이 있고, 텃밭과 마당에서 채소와 과일을 손수 수확하는 즐거움을 누린다. 매일매일 사랑스런 동물 가족과 어울리는 기쁨도 있다. 가족, 친구들과 함께하니 삶은 더욱 풍요로워지고 유대감은 깊어만 간다. 돈 주고도 살 수 없는 신선한 공기와 자연은 또 얼마나 고마운가.

한여름에 해외 유명 여행지로 휴가를 가지는 못하지만 근처 가까운 바닷가로 가족 나들이를 떠난다. 시간에 쫓기지 않고 여유롭게, 게으른 휴식을 즐기곤 한다. 놀라울 정도로 깨끗한 바닷가가 근교에 꽤 많다. 도시가 줄 수 없는 것, 도시에서 누릴 수 없는 것들. 그렇게 지내다 보면 행복은 결코 멀리 있지 않다.

알베르토와 종종 나누는 이야기가 있다. 우리가 지금보다 더 젊다면 당연히 도시를 선택했을 것이라고. 사실 각자 이십 대에는 큰 고민 없이 도시를 선택했었다. 그런 경험이 있었기에 알비토에서의 생활이 우리에게 어떤 의미가 있는지, 우리가 무엇을 누리고 있는지를 더 잘 안다.

각자 원래 직장 생활을 했던 리스본과 서울을 떠나지 않았더라면 지금은 어떻게 살고 있을까? 아마 돈은 지금보다 조금 더 벌었을 것이고 아이가 없으니 내 마음대로 하고 싶은 것을 하면서 살고 있지 않을까? 주중에는 새벽같이 일어나 교통 체증에 시달리며 출근하고, 어떨 때는 재밌는 업무에 즐거워하고 때로는 진저리를 치며 일하다가 퇴근만 기다릴 것이다. 퇴근 후엔 운동을 하거나 친구들과 수다를 떨면서 새로운 먹거리를 찾아 나서고, 드라마를 몰아 보기도 하며 쳇바퀴 돌아가듯 살았을 것이다. 지금도 알베르토와 대화를 나누다 보면 소비하고 즐길 것들이 많은 도시가 생각나기도 한다. 하지만 언뜻 보면 단조롭기만 한 시골 생활에서 누리는 여유가 훨씬 더 크게 다가온다.

아이를 낳아 기르는 지금은 그 의미가 더 각별하다. 아이가 평생 간직할 어린 시절의 추억을 만들어 줄 수 있기 때문이다. 나중에 어떤 선택을 할지는 아이들의 몫이겠지만 알비토에서의 생활은 아이가 자랐을 때 고를 수 있는 선택지와 경험의 폭을 넓혀 주고 있다. 흙장난의 즐거움, 나무에서 방금 딴 사과의 맛, 고요한 밤하늘에 빛나는 별, 온갖 동물들과 교감하는 하루, 대가족의 품에서 느낄 수 있는 포근함. 사랑받고 사랑하는 이 모든 것이 아이들 마음속에 차곡차곡 남아 있을 것이다.

알비토 집은 그래서 더 특별하고 사랑스럽다. 이곳에선 시공간이 함께 어울린다. 가족과 이웃, 동네가 함께 추억을 쌓고, 오래된 집은 그 중심에서 모든 것을 품고 세대를 거쳐 함께 이어간다. 집은 자연스레 단순한 물리적 공간을 넘어 대대손손 가족사를 쌓아 간다. 그래서 나에게, 우리 가족에게, 알비토 집은 '사는 것'이 아니고 '사는 곳'이란 의미로 묵직하게 울리는 공간이 된다.

부록.

Desenho de Portugal

포르투갈이 궁금할 때 살짝 펼쳐 보세요.

Desenho: [데제뉴] 밑그림, 드로잉

거리에서 마주하는 예술

우아함 속에 숨겨진 불편함, 깔사다

포르투갈 곳곳에서, 그리고 식민지였던 마카오나 브라질에서도 흔히 볼 수 있는 독특한 돌길이 바로 깔사다Calçada다. 포르투갈 특유의 포장 보도로, 작은 돌조각들을 모자이크처럼 이어 붙인 이미지나 패턴이 표현되어 있다. 인도, 광장, 공원 등에서 흔히 볼 수 있다.

깔사다는 시대와 지역에 따라 모양과 패턴이 천차만별이다. 직선형, 원형, 파도형, 부채꼴, 공작 꼬리 모양부터 불규칙한 무늬까지, 곳곳에서 사람들의 눈을 즐겁게 해 준다.

리스본과 코임브라에서는 특히 유서 깊고 규모가 큰 깔사다를 볼 수 있다. 알비토 같은 조그만 마을도 중심가는 투박한 깔사다로 되어 있다. 브라질 리우데자네이루의 코파카바나 해변가에서도 깔사다로 이루어진 긴 보도를 볼 수 있고, 마카오 세나도 광장의 바닥에 새겨진 커다란 파도 문양은 아마 한국인에게도 익숙한 이미지일 것이다. 무척 아름다워 사람들

의 시선을 사로잡지만, 그 이면
에는 불편한 점도 있다.

깔사다는 작은 돌들을 모자이
크처럼 맞춰 두었기 때문에 닿
았던 부분만 계속해서 닳는다.
고쳐야 할 부분이 생기면 전체
를 다 뜯고 새로 깔아야 한다고.
그렇게 고쳐도 돌조각 몇 개는
꼭 빠져 있고, 그러면 그 틈새로 신발이 걸려 넘어지기 딱 좋다. 이렇다 보
니 깔사다 위로 휠체어나 유모차는 절대 손쉽게 지나다닐 수 없다. 워낙
울퉁불퉁해 돌들의 높낮이가 온몸에 느껴질 정도니.

현대적이고 깔끔한 한국의 보도블록이 편리해서 좋다는 알베르토의 말
에는 나 역시 동의하지만 마음 한구석에서는 왠지 소심하게 삐죽 딴지를
걸고 싶기도 하다.

'하지만 특색이나 개성은 없잖아. 오랜 세월이 흐른다고 해도 다른 문화
권에서 온 사람들에게 감동을 주지는 못할 걸…'

파란 타일에 담아낸 역사, 아줄레주

아줄레주Azulejo는 유약을 발라 구운 도자기 타일인데 스페인과 포르투갈,
그리고 이 두 나라의 식민지였던 남미, 필리핀, 마카오 등지에서도 찾아볼
수 있다. 원래 아줄레주는 아랍 쪽에서 전해진 것으로, 스페인 알함브라
궁전을 방문했던 포르투갈 왕 마누엘 1세Manuel I, 1469~1521가 들여왔다.

포르투갈에서는 성당과 교회부터 시작해 일반 가정집, 학교, 기차역에서도 아줄레주 타일 장식을 볼 수 있다.

파란색과 하얀색의 아줄레주가 눈에 많이 띄는데 이는 17세기 중반에 네덜란드에서 들어온 양식이다. 20세기에 제작된 아줄레주는 오래된 것과는 또 다른 매력이 있다. 리스본에는 아줄레주 박물관이 있으니 관심이 있는 사람은 한번 둘러봐도 좋다.

옛날 아줄레주 작품들은 역사적인 사건을 그려낸 것도 많아 보고 있자면 커다란 그림책을 읽는 것 같은 재미가 있다. 리스본 구심 알파마와 그라사 지역의 좁은 골목길을 걷다 보면 아줄레주 타일 장식을 고색창연하게 그대로 유지하고 있는 집들도 많이 보인다. 집집마다 색깔과 테마, 스타일이 조금씩 달라 하나씩 찾아보는 재미가 있다.

그리울 때는 노래를 부르고

그리움과 공허함 사이, 사우다드

사우다드Saudade는 번역하면 그리움이나 보고 싶다는 의미에 가깝고 일상적인 대화에서도 이런 맥락으로 종종 사용된다. 하지만 여러 포르투갈인 친구들을 만나 대화를 나눠 본 결과, 이보다 조금 더 복잡한 감정이다. 어떤 언어든 번역하면 원래의 정서나 뉘앙스가 제대로 전달되지 못하는 그 언어만의 단어가 있는데, 한국어의 '한'이 그렇다고 할까. 포르투갈어에서는 사우다드가 바로 그런 단어다.

포르투갈 친구들에게 사우다드에 대해 설명해 달라고 부탁하면 대부분 길게 설명한다. 무언가 딱 한 단어로 사우다드는 이런 거야, 라고 할 수 없는 복잡미묘한 뉘앙스의 단어란 얘기. 대체적으로 의견을 조합해 보면 많은 감정을 전달하는 표현이다.

"사우다드를 설명하는 것은 쉽지 않아. 보통 누군가를 그리워할 때 쓰이

지만, 좀 다른 의미야. 그리워한다는 표현은 동사잖아. 하지만 사우다드
는 명사야. '나는 너에 대한 사우다드를 갖고 있어.'라고 표현할 수 있지.
사우다드는 네가 가진 어떤 것, 어떤 짐과 같은 거야. 네가 지고 있는
슬픔, 빈 채로 남아 있는 공허함 같은 거지."

파티마Fátima 출신의 친구 주앙의 설명이다. 그리움, 짐, 공허함을 빌어 사
우다드를 설명해 줬다. 오히려 알쏭달쏭해져 다른 친구에게 더 물어보았
다. 리스본에서 온 이자벨은 좀 더 서정적인 감성으로 접근했다.

"사우다드라… 노스탤지어와 좀 비슷할 거야. 좀 더 슬픔의 정서가 짙
은 노스탤지어랄까. 하지만 포르투갈어에는 노스텔지어라는 단어도 존
재하고, 사우다드도 존재하고, 둘이 서로 다르게 쓰이긴 해.
포르투갈 사람들은 기본적으로 슬픔의 정서를 갖고 있거든. 어떤 사람
이나 장소, 시간, 청춘, 조국, 가족 등에 대한 그리움이 있어. 그리고 그
걸 느끼는 동시에 즐긴다고 해야 하나, 아니면 차분히 받아들이는 쪽에
가까운가….
즐기는 거라고 할 수 있겠다. 그런 슬픈 정서를 즐기는 거야! 사우다
드는 포르투갈 사람들에게는 굉장히 중요한 감정이야. 과거에 어떤 행
복한 감정을 느꼈는데 지금은 더 이상 그렇지 않다는 거지. 하지만 인
생의 한때에 사우다드를 가질 만한, 중요하고 행복한 시기가 있었다는
거야.
그래서 어떤 면에선 그게 기쁨인 거야. 슬프지만 즐길 수 있는 감정이
지. 파두도 마찬가지로 구슬픈 음악이야. 하지만 포르투갈 사람들은 이
런 종류의 슬픔을 좋아하고 즐겨."

포르투갈인의 노래, 파두

파두Fado는 운명, 숙명을 의미하는 포르투갈어로, 음악 장르로 널리 알려져 있다. 관광객들은 리스본 파두에 익숙한 경우가 많다. 리스본 파두는 솔로 가수가 나와 기타 연주에 맞춰 부르는, 애수 어린 곡들이 대부분이다. 주로 도시 노동자, 선원, 집시, 창녀 등 소외된 사람들과 연관이 있다고 한다. 파두는 20세기 들어서 아말리아 호드리게스Amália Rodrigues, 1920~1999 덕분에 전 세계적으로 유명해졌는데, 그녀는 주로 리스본 스타일의 파두를 불렀다.

코임브라 파두는 또 다른 느낌이다. 리스본 파두와 코임브라 파두는 연주에 사용되는 기타도, 노래에 담긴 주제도 좀 다르다. 코임브라는 몇백 년에 걸친 역사를 자랑하는 오래된 대학 도시로, 이곳의 파두는 학생들로부터 시작되었다. 주로 사랑과 코임브라에 대한 사우다드를 노래한다. 졸업하고 나면 코임브라에서의 청년 시절을 떠나보내야 하니 그런 정서가 반영된 듯하다. 코임브라 파두를 즐겨 부르는 사람들은 주로 학생들과 이 학교 졸업생들이다.

개인적으로 두 파두 각각 나름의 매력이 있다고 생각한다. 가사를 완벽히 이해하지 못해도 왠지 서정적이고 애끓는 멜로디가 와닿는다. 현지에서 직접 듣는 것보다 현장감은 떨어지겠지만 요즘은 인터넷에서도 쉽게 파두를 들을 수 있다. 아말리아 호드리게스는 워낙 유명해 자료나 영상이 많고, 요즘 현역으로 활동하는 파두 가수로는 마리자Mariza, 1973~와 까마네Camané, 1967~를 추천한다. 마리자는 여성, 까마네는 남성인데 둘 다 꽤 유명하고 나름의 매력이 있다. 기회가 닿아 듣게 된다면 목소리뿐 아니라 기타 반주에도 귀를 기울여 보자.

유튜브에 'Balada de Despedida do 5 º Ano Jurídico 88/89 – Queima das Fitas Coimbra 2013'을 검색하면 코임브라 파두 영상이 나온다. 졸업생과 재학생이 다 함께 오래된 대성당 앞에 모여 이별의 파두를 부른다. 코임브라 파두가 궁금하다면 찾아 들어보길 추천한다.

만약 포르투갈에 가게 된다면

포르투갈에 관심이 있어 이것저것 찾다 보면 시선을 자로잡는 이미지들이 있다. 바로 수탉과 정어리다. 포르투갈의 상징인 이들은 기념품에 자주 등 장한다.

기념품 가게의 터줏대감, 바르셀루스의 수탉

몸통은 알록달록하니 화려하고 머리에 커다란 빨간색 벼슬이 인상적이다. 바르셀루스의 수탉Galo de Barcelos은 품위 있는 닭의 모습으로 묘사되어 있는데, 크기도 다양하고 색상도 무척 다채롭다. 이 닭은 기념품 가게의 단골 아이템이다.

포르투갈의 전래 동화 또는 민간 전설에서 비롯된 것으로 추정되는 이 수탉과 관련된 이야기는 바르셀루스라는 조그만 마을이 그 배경이다. 지

역 유지가 은을 도난당했는데 때마침 이 마을에 머물렀던 한 순례자가 범인으로 지목되었다. 이 순례자는 무죄를 주장하며 자신을 목 매달려 하면 식탁 위에 가만히 놓여 있는 요리된 닭이 벌떡 일어나 울 것이라고 했단다. 그리고 형을 집행하려는 순간, 닭이 일어나더니 꼬끼오 하고 울어서 순례자가 목숨을 구했다는 것이 대략적인 줄거리다. 입에서 입으로 전해지는 이야기라서 지역이나 사람에 따라 조금씩의 변주는 있겠지만 기본 뼈대는 이렇다.

이 수탉은 전국의 기념품 가게에서 쉽게 볼 수 있다. 아마 포르투갈에 왔다가 이 바르셀루스 수탉 모양의 마그넷을 안 사 본 관광객은 없을 것이다.

통조림부터 비누까지, 정어리

수탉과 더불어 정어리 역시 포르투갈 곳곳에서 볼 수 있는 아이콘이다. 대표 상품은 통조림이지만 냄비 받침, 그림과 포스터, 비누 등 별별 다양한 디자인 상품이 많다. 참고로 비누는 정어리 성분이 들어간 것이 아니고, 모양만 그렇다.

어떻게 정어리가 포르투갈을 대표하는 아이콘이 되었을까. 딱히 전해지는 역사나 전설이 있는 건 아니다. 하지만 정어리가 그만큼 포르투갈인의 일상에서 중요했기 때문에 자연스럽게 나라를 대표하는 이미지로 굳어졌으리라는 것이 내가 만나 본 현지 친구들의 의견이다.

정어리를 많이 잡고 먹기도 하지만, 19세기 초 프랑스에서 만들어지기 시작한 생선 통조림이 본격적으로 상업화되고 대규모로 생산된 곳이 포르투갈이었다고 한다. 당시 통조림의 주요 품목은 정어리와 참치였다. 20세기 초, 포르투갈은 명실상부 세계적인 생선 통조림 수출국이 되었고 세계대전으로 인해 그 수요가 더 늘었다. 그러나 전쟁이 끝나고 수요가 급격하게 줄어들자 통조림 공장들이 줄지어 문을 닫았고, 지금은 어획량도 많이 줄어 더 이상 예전만큼의 활황은 기대하지 못하는 처지다.

포르투갈 곳곳에는 통조림 공장 터가 남아 있고 이중 일부는 박물관이나 예술 공간으로 탈바꿈했다. 정어리 통조림은 한때는 군용 식량이었지만 이제는 빈티지 레트로 스타일로 예쁘게 포장된 하나의 기념품이자 상품이 되었다.

정어리는 또한 축제, 여름과 관련 있는 생선이기도 하다. 여름이 시작되는 6월에는 포르투갈 각 도시에서 수호 성인을 기념하는 퍼레이드와 축제가 많이 열린다. 대표적으로 리스본에서는 성 안토니우 Santo António, 포르투에서는 성 요한 São João 을 기리는데, 이때 사람들은 밖으로 나와 먹고 마시고 춤추며 초여름 날씨를 즐긴다.

이 축제에서 빼놓을 수 없는 게 바로 정어리다. 곳곳에서 정어리 굽는

냄새가 진동한다. 정어리는 기름이 많은 생선이라 노릇노릇 구워서 소금과 레몬만 살짝 뿌려 먹어도 담백하고 고소하다.

포르투갈의 생선 및 해산물 소비 규모는 2017년을 기준으로 세계 3위다. 유럽 연합 국가 내에서는 가히 최고 수준이다. 조그만 나라가 이렇게 많은 생선을 다 먹어 치운다니. 그리고 개중 가장 많이 소비되는 것이 아마 대구와 정어리일 것이다.

입안 가득 행복을 담고 싶다면

동네마다 맛도 모양도 다양한 빵

이웃한 나라들과 마찬가지로 포르투갈 역시 빵을 주식으로 하는 나라다. 백과사전에 따르면 한국어 '빵'은 일본에서 들어온 말이고, 일본어 단어 'パン팡'은 16세기 무렵에 포르투갈어 'Pão파웅'에서 유래했다고 한다. 빵을 주식으로 하는 나라가 포르투갈만은 아니지만 어쨌든 한국에서 쓰는 빵이라는 단어의 어원은 포르투갈인 셈이다.

오랫동안 주식으로 삼고 먹어 온 만큼, 포르투갈은 지역마다 빵의 재료와 맛이 조금씩 다르다. 우리나라에서 지역마다 김치 맛과 양념이 다른 것과 비슷하달까. 요즘에야 지역 간 경계와 색채가 많이 희미해지고 있지만 아직까지도 각 지역과 동네, 그리고 빵집마다 특색 있는 빵을 구워 낸다.

알란테주에서는 밀과 효모, 소금, 물 등 기본 재료로만 빵을 만드는데 식감이 묵직하고 결이 살아 있다. 입에서 살살 녹는 부드러운 빵이 아니라 꼭꼭 씹어줘야 한다. 이런 커다란 빵 한 덩어리는 킬로kilo라고 많이들 부른다. 1킬로그램에 가까운 묵직한 한 덩어리로 두 명이 3~4일 간은 족히 먹을 수 있는 양이다.

북쪽 지역에서는 브로아 드 밀류Broa de milho라는 빵을 많이 먹는다. 그 지역에서 나는 옥수수 가루를 주재료로 하는데, 알란테주 빵에 비해서는 좀 더 쉽게 끊어지는 식감에 또 다른 고소한 맛이다.

역시 북쪽 지역이 원산지인 파웅 드 쎈떼이우Pão de Centeio는 호밀을 재료로 한다. 어두운 색을 띠고 있고, 눈으로 보면 조밀한 질감이 느껴진다. 호밀만을 넣기도, 다른 곡물과 섞어 만들기도 한다.

이런 빵들은 모두 주식용 빵으로, 단맛이 전혀 없다. 한국의 많은 빵집에서 달콤한 디저트류의 빵을 파는 것과 달리, 포르투갈의 동네 빵집에서는 주로 이런 주식용 빵을 취급한다. 몇몇 빵집은 달고 부드러운 디저트를 같이 팔기도 하지만 그런 가게가 많지는 않다. 포르투갈에서는 빵집은 파다리아Padaria, 케이크 및 디저트 가게는 파스텔라리아Pastelaria라고 불리며 서로 구분된다.

전국민의 소울 푸드, 바까야우

바까야우Bacalhau는 소금에 절여 말린 대구와 그 대구를 요리한 음식을 통칭한다. 대구는 명실공히 포르투갈의 소울 푸드이자 국민 식재료로, 식민지였던 까보 베르드, 앙골라, 브라질 등에서도 많이 먹는다. 대구로 다양한 요리를 만드는데 집집마다 고유한 요리법이 있어 포르투갈에만 천 가지가 넘는 레시피가 있다고 한다.

포르투갈의 웬만한 대형 마트나 시장에 가면 바까야우를 쉽게 찾을 수 있다. 왠지 낯설고 꿉꿉한, 강렬한 바다의 짠내를 따라가면 족히 1미터는 되어 보이는 두껍고 큰 생선포가 매대 하나를 차지하고 잔뜩 쌓여 있는데 그게 바로 바까야우다.

포르투갈 사람들은 이런 거대한 바까야우를 통째로, 또는 필요한 만큼만 잘라 요리한다. 소금에 절여져 있기 때문에 요리를 하기 전에 미리 소금기를 빼 줘야 한다. 물에 담가 놓고 하루에서 이틀, 두세 번 정도 물을 갈아주면 소금기가 빠진다. 요즘엔 미리 이 과정을 거쳐 바로 요리할 수 있도록 소포장한 냉동 바까야우도 많이 판다.

바까야우는 대부분의 음식점에서 쉽게 맛볼 수 있다. 같은 요리라고 해도 음식점에 따라 스타일과 맛이 조금씩 다르기 때문에 취향에 맞는 맛을 찾는 재미도 있다.

복잡하지 않게 바까야우 고유의 맛과 식감을 느껴 보고 싶다면 바까야우 꼼 또도쉬Bacalhau com todos를 추천한다. 삶은 바까야우에 감자, 당근, 양배추 등 삶은 채소와 계란을 곁들이고 올리브유, 마늘, 식초 정도로만 간을 하는 요리다. 처음 먹어보면 너무 심심하다 싶을 수도 있는데 담백한 맛이 쉬이 싫증나지 않는다.

좀 느끼하고 고소한 양식 스타일의 요리를 먹어 보고 싶다면 바까야우

꼼 나타쉬Bacalhau com natas를 권한다. 생선을 그다지 좋아하지 않는 어린 아이들부터 어른들까지 크게 호불호가 갈리지 않는 요리다. 바까야우, 양파, 감자와 생크림을 섞어 라자냐처럼 층을 쌓은 후 오븐에 굽는데, 여기서 감자는 채를 썰거나 퓨레로 만드는 등 집집마다 레시피가 다양하다.

바까야우 꼼 나타쉬보다 조금 더 씹히는 식감을 느껴 보고 싶다면 바까야우 아 브라쉬Bacalhau à Brás가 있다. 바까야우, 양파, 감자채를 볶고 계란을 섞어 완성하는 요리다. 보통 위에 까만 올리브와 파슬리를 얹어 한눈에 봐도 먹음직스럽고, 올리브유를 잔뜩 넣기 때문에 맛도 참 고소하다. 우리 가족은 가끔 김치와 함께 먹기도 하는데 궁합이 아주 잘 맞는다.

골라 먹는 재미, 디저트

포르투갈의 가장 대표적인 디저트는 에그타르트다. 포르투갈어로는 파스텔 드 나따Pastel de nata라고 하는데 포르투갈뿐 아니라 옛 식민지였던 마카오에서도 아주 유명하다.

파스텔Pastel은 파이, 나따Nata는 커스터드 크림을 의미하는데, 말 그대

로 바삭바삭한 파이지 안에 우유와 설탕, 계란 노른자를 섞어 만든 크림을 채워서 굽는 디저트다. 재료를 보면 쉽게 짐작할 수 있겠지만 달고 부드러워서 호불호가 갈리지 않고 누구나 좋아한다. 그냥 먹어도 맛있는데, 취향에 따라서 시

나몬을 뿌려 먹기도 한다. 따뜻할 때 먹어도 맛있고 식어도 웬만하면 맛있다. 따뜻한 커피에도, 우유에도 잘 어울린다.

포르투갈 단과자의 역사는 해상 무역이 활발하던 15세기로 거슬러 올라간다. 향료 무역과 더불어 식민지를 통한 설탕 산업이 크게 성장하면서 시작되었다. 흥미로운 사실은 이런 에그타르트를 비롯한 케이크, 파이, 페스트리 등 다양한 단과자의 생산 거점이 바로 수도원이었다는 것이다.

포르투갈에는 지금까지도 수도원을 중심으로 오래된 옛 조리법에 따라 만드는 디저트가 200여 종류나 된다. 계란 노른자와 설탕을 기본으로 밀가루와 견과류, 시나몬, 바닐라, 코코넛과 향신료 등 다양한 재료를 이용한다. 또한 지역마다 특색 있는 대표 단과자가 있다.

우선 치즈타르트. 포르투갈어로는 케이자다 드 레케이자웅Queijada de Requeijão이라 한다. 레케이자웅Requeijão은 리코타 치즈와 비슷한 포르투갈 치즈로 식감이 산뜻하고 아주 살짝 신맛이 난다. 보통 치즈타르트나 스프레드를 만드는 데에 쓰인다. 이 레케이자웅을 넣어 만든 타르트가 케이자다Queijada다. 겉보기엔 퍽퍽할 것처럼 생겼는데 한 입 베어 물면 촉촉한 속살이 그대로 느껴진다. 크림 치즈를 주재료로 만든 치즈케이크, 치즈수플레와도 맛과 식감이 조금씩 다르다. 묵직하게 시작해 가볍게 넘어가는 맛이랄까.

파웅 드 랄라Pão de rala는 계란과 설탕, 레몬, 아몬드로 만든 부드럽고 달콤한 케이크다. 안에 질라Gila가 들어 있다. 질라는 호박류의 채소인데 잼과 버무림 중간의 형태로 만들어 필링으로 많이 쓴다. 질라를 넣은 도넛도 있고 케이크, 파이도 있다. 약간 호박죽 향이 나지만, 무척 달아서 호불호가 갈릴 수 있다.

아호즈 도스Arroz Doce는 쌀로 만든 푸딩이다. 쌀, 설탕, 우유, 계란 등을

섞어 끓이다가 레몬과 바닐라를 첨가하고 위에 시나몬을 뿌리는 경우가 많다. 식감은 죽과 유사한데 맛은 프렌치 토스트에 가깝다. 계란 노른자 계열의 다른 디저트보다는 당도가 낮다. 집에서 쉽게 만들 수 있다.

아몬드파이도 추천한다. 가을 날씨 기준으로 실온에서 일주일도 넘게 보관할 수 있고 그 맛이 꽤 오래 유지된다. 호두파이와 비슷한데 내 입맛에 잘 맞는다. 알베르토는 견과류를 좋아하고 나는 그다지 좋아하지 않는데 아몬드파이는 우리 둘 다 즐겨 먹는다.

제일 부담 없이 친숙한 맛은 볼라 드 베를링 Bola de Berlim이다. 볼라 드 베를링은 튀긴 도넛으로 겉에는 설탕이 듬뿍 발라져 있고 안에는 계란과 버터, 우유를 섞은 달콤한 크림이 들어가 있다. 모르는 사람이 먹어도 왠지 친숙해서 싫어할 수가 없는, 촌스러운데 가끔씩 끌리는 그런 맛이다.

단맛 디저트는 아니지만 엠파다 드 갈리냐Empada de Galinha도 추천한다. 닭고기를 주재료로 넣어 구운 파이인데 따뜻하게 먹어도 식은 채로 먹어도 살살 녹는다. 맛있게 먹으면 0칼로리라고 주문을 외우며 마요네즈를 뿌려 입안에 쏙. 체중계의 존재를 잊고 먹다 보면 앉은 자리에서 세 개까지도 들어간다.

이름과 장소로 기억되는 사람들

축구 선수 크리스티아누 호날두가 포르투갈 출신이라는 것은 너무나도 잘 알려진 사실이다. 그렇다면 연예인이나 스포츠 스타, 인플루언서가 아닌, 한국의 세종 대왕이나 이순신처럼 포르투갈의 대표적인 역사 속 인물은 누가 있을까?

포르투갈의 단테, 까몽이스

루이스 드 까몽이스Luís de Camões, 1524~1580는 가히 국민 시인으로 추앙받는 인물이다. 영국의 셰익스피어, 이탈리아의 단테 급이라면 설명이 될까. 16세기 사람으로 『루지아다스Os Lusíadas』라는 서사시를 남겼다. 포르투갈 문학사에서 빼놓을 수 없는 대시인이다.

내가 만났던 포르투갈인 친구들은 모두 『루지아다스』의 한 구절 정도는 암송할 수 있는데, 워낙 유명하기도 하고 학창 시절에 머리에 쥐가 나도록 배웠기 때문이란다. 방대한 양에 고어도 많고 문학적 비유가 넘쳐나는 작품이기에 처음부터 끝까지 제대로 읽어보거나 이해한 사람은 극소수일 거라는 게 알베르토의 주관적인 의견이다. 누구든 암송하는 걸 듣게 된다면, 상당히 음악적이란 느낌을 받게 될 것이다.

리스본 근교의 호카 곶Cabo da Roca은 유럽 대륙의 서쪽 끝으로 유명해 관광객들이 많이 방문하는 곳이다. 여기 세찬 바람을 맞으며 우뚝 서 있는 표지석에 그가 남긴 구절이 새겨져 있다.

'Aqui, onde a terra se acaba e o mar começa.'
여기, 육지가 끝나고 바다가 시작되는 곳.

포르투갈에서 인도까지, 다 가마

바스쿠 다 가마Vasco da Gama, 1469~1524는 15~16세기 유럽의 대항해 시대에 살았던 인물로, 리스본에서 출발해 아프리카를 거쳐 인도까지 무역 항로를 개척한 것으로 알려져 있다. 워낙 유명한 인물이기에 리스본에

서는 그의 이름을 붙인 다리, 타워, 쇼핑센터까지 볼 수 있다.

다 가마는 알란테주의 작은 바닷가 마을인 시네스Sines에서 태어났다. 왕이 그의 업적을 치하해 비디게이라의 영주 자리를 하사했다. 시네스에는 그의 생가가 남아 있고 비디게이라에는 그의 동상과, 지금은 지역 생활사 박물관으로 사용 중인 작은 집이 남아 있다. 다 가마 가문에 속해 있다가 한동안은 학교로 쓰였던 곳인데, 규모는 작지만 포르투갈인들의 시골 생활을 엿보는 재미가 있다.

눈먼 자들의 도시, 사라마구

주제 사라마구José Saramago, 1922~2010는 위의 두 인물과 비교하면 비교적 최근의 인물이다. 노벨 문학상 수상자로, 한국에서도 개봉했던 영화 〈눈먼 자들의 도시Blindness, 2008〉의 원작 소설을 썼고 이외에도 수많은 작품을 남겼다. 인지도도 높지만 그만큼 논란도 많았다.

공공연한 무신론자로, 신을 희화화하고 풍자했다는 이유로 가톨릭 교회에서 비판을 받았고 한동안은 사회주의자로 정치 활동을 했다. 세계화, 팔레스타인 문제, 레바논 사태에 대해서도 활발하게 목소리를 냈다.

리스본 구심 알파마 지역의 까자 도쉬 비쿠쉬Casa dos Bicos라는 건물에 주제 사라마구 재단이 있다. 건물이 16세기에 지어졌는데 독특한 외관을 갖고 있다. 이 근처의 그라사도 오밀조밀한 골목길이라 걸어서 함께 둘러볼 만하다.

p. 56, 65, 73, 77
Photo by Gonçalo Pôla